どうしようもなくなにも言えず、レゼジードはそれに唇を寄せる。汗と血の味のするサディアの頬から、涙を吸い取った。

月影《つきかげ》の雫《しずく》

いとう由貴《ゆき》

ILLUSTRATION：千川夏味《せんかわなつみ》

月影の雫

LYNX ROMANCE

CONTENTS

月影の雫

§序章

荷車から降り、サディアは処刑台を見上げた。広場を埋め尽くした群衆からは、咳《しわぶき》ひとつ聞こえない。

しんと静まり返った中、サディアは一歩一歩、処刑台へと歩を進めた。

肩口で切り揃えた青みを帯びた漆黒《しっこく》の髪が、風に揺れる。これだけは文句なしに美しいと言われる、周囲を金で縁取《ふちど》られた不思議な色合いの蒼《あお》い瞳で、サディアは真っ直ぐに処刑台を見つめていた。

群衆から啜《すす》り泣きが聞こえてくる。

——哀《かな》しんでいてくれる。

これほどの人々が、『彼』が死ぬことを悼《いた》んでくれている。否《いな》、と示してくれている。

サディアは心の中で、そっと微笑《ほほえ》んだ。胸の奥に、じんわりとしたものが広がる。

あの方の選択は間違っていない。

そして、サディア自身の選択もまた、間違っていなかった。

自分の死は無駄にはならない。あの方がけして、無駄にはしない。

サディアは毅然《きぜん》として、処刑台への階段を上がった。『彼』ならばきっとこうしたであろう、王族としての威厳を込めて。

啜り泣きが、いよいよ大きくなった。それが、サディアにさらなる力を与えてくれる。

あの方のために、『彼』の名誉を辱《はずかし》めてはならない。人々の心に怒りの炎をかき立てるほどに、その死は誇りと尊厳に満ちたものでなくてはならない。

それがサディアの——サディア自身が選んだ役割だった。

台に上がると、サディアはゆっくりと群衆を見回した。『彼』ならばそうしたように、慈愛《じあい》を込めて、笑みさえ浮かべて、『彼』の民に眼差《まなざ》しを注ぐ。

誰憚《だれはばか》ることなく、涙を流している者。

怒ったように拳《こぶし》を握りしめている者。

祈るように見つめている者。

彼ら一人一人に、サディアは頷《うなず》きを返した。

——大丈夫だ。今、ここで死ぬのは偽者《にせもの》だから。哀しみはほんの一瞬だ。すぐ、『彼』が皆を救いにやって来る。だから……。

サディアは処刑人に軽く会釈《えしゃく》をすると、ひざまずいた。

男の持つ斧《おの》が、視界に入った。

——あれで、僕の首は落ちる。

不思議と、心は静かだった。

サディアはゆっくりと、首を台上に差し出した。

背後で、斧が振り上げられる気配に目を閉じる。サディアの口元には、かすかな笑みが浮かんでいた。

――レゼジード様……。

心にそっと、あの方の名を載せる。

サディアの大事な人の名だった。生涯ただ一人、愛した人の名だった。

今、サディアは満たされていた。あの方と同じ志を持って死ねることが、幸福だった。

閉じた目蓋《まぶた》の裏に、あの日の、目に眩《まぶ》しいほどの新緑が蘇《よみがえ》っていた――。

§第一章

「ジュムナ人が邸内におりましたっ！」

兵士によって、サディアは乱暴に引きずられた。それまで寝台に横になっていた身に、急激な動きは耐えられない。喉がヒューヒューと鳴り、今にも咳《せき》が始まりそうだった。

だが、抵抗はしない。こうなることは、あらかじめわかっていたことだった。

というのも、サディアの生まれたジュムナ王国は、この数日前に隣国であるナ・クラティス王国によって征服されていたからだ。

三代に亘《わた》る王の失政により、ジュムナ王国は疲弊《ひへい》しきっていた。それゆえ、初めての外征を試みたナ・クラティス王国にとって、恰好の獲物となったのだ。

わずかな戦いののち、ジュムナ軍は破れ、王都シクドはナ・クラティス軍によって制圧された。

国王を始めとする王族は捕らえられ、貴族たちもほんのわずかな資産（といっても、平民から見ればまだまだ充分すぎるほどのものであったが）以外はすべて取り上げられた上、平民に落とされた。

都にあった貴族の館は接収され、ナ・クラティス軍の宿舎とされた。

その接収された館のひとつに、サディアは取り残されていた。家族によって、見捨てられたのだ。

原因は、サディアの身が病《やまい》に冒されていた、ということにある。

そもそもサディアは、名家であるランガル家の一員とされていたが、家内での扱いはけしてよいものではなかった。

一夫多妻が普通であるこの東大陸一帯では、生母の身分によって子の立場はそれぞれ異なってくるのが一般的だった。

サディアの母は館では低い身分の使用人であったため、ごく当然の成り行きで、サディア自身の家内での立場も弱いものであった。

そんなサディアが、三年ばかり前から、俗に血の病と呼ばれる咳と一緒に血を吐く業病《ごうびょう》に冒されてしまった。完治の見込みはなく、身体《からだ》は日に日に弱っていくばかり。ともに屋敷から退去したところで、足手纏《まと》いにはなっても、家族の役に立ちはしない。

そう考えた一家の人間によって、サディアは接収された屋敷に取り残されていた。

ナ・クラティス軍からは、期限内に立ち退《の》かない者は、その場で処刑する、と通達がなされている。

それゆえ、サディアはナ・クラティス人が屋敷に来るのを、ただ従容《しょうよう》と待っていたのだ。

これで、自分の益体《やくたい》もない人生も終わる。

咳《せ》き込む身体を庭園へと引きずられながら、サディアはそう観念していた。家内でいらない人間扱いをされて育っていたサディアにとって、『諦《あきら》める』というのは、もう自分の第二の天性のようなものになっていた。

「――やれやれ、置いていかれたか」

主人らしい男が、病み萎《やしお》れているサディアを一瞥《いちべつ》してそう判断する。

彼の背後では、屋敷に荷物を運び込む人の流れが、活気のあるざわめきを響かせていた。繊細《せんさい》で上品ではあるが、沈滞を感じさせるジュムナ様式の邸宅とは正反対の、旭日昇天《きょくじつしょうてん》のごとき勢いに乗ろうとしているナ・クラティスの生き生きとした華やぎを感じさせるざわめきだった。

庭園の一角にある四阿《あずまや》に設《しつら》えられたクッションの上に、片膝を立てて座っていた男が、軽いため息をつく。厄介事《やっかいごと》を押しつけてくれたものだと、呆《あき》れたようなため息だった。

サディアとて、他人《ひと》に迷惑をかけたくない。死の病に冒された自分は、生きているだけでもうたくさんの迷惑を周囲にかけてきたのだ。

だが、これが最後だ。

自力で動くこともままならない身体で、サディアはゼエゼエと、四阿の階段下の地面にうずくまった。

「顔を上げろ。おまえは、この屋敷の一族の人間か。それとも、使用人か。病を得て、置いていかれたようだな」

男の声は、存外やさしいものだった。サディアの着ているものを見れば、簡素ではあっても、けして使用人ごときが身に着ける寝間着《ねまき》ではないとわかるはずなのに、あえて身分を問うのは、屋敷の一族ではないという逃げ道を与えるつもりか。一族の人間ではなく、身体を壊した使用人が逃げ遅れただけという体裁《ていさい》にすれば、処刑せずとも済むと言外《げんがい》に言いたいのか。そんな気遣《きづか》いを感じさせる声だった。

敵であったはずの男の思いがけない対応に、サディアはなんとか礼を失しないように努めるべく、顔を上げようとした。

しかし、気持ちとは裏腹に、身体が言うことを聞かない。もう何日も水しか口にしていない上、乱暴にここまで引きずられてきたサディアの身体は悲鳴を上げていた。

焦《じ》れた兵士が、サディアの青みがかった黒髪を摑《つか》む。半端《はんぱ》に、背中の半《なか》ばまで伸びたままの黒髪は、摑むに手頃なものだった。

無理矢理上向かせられ、サディアは息苦しさに喘《あえ》いだ。裁断を下されるより先に、窒息《ちっそく》してしまいそうだ。

「……っ、うぅ」

だが、窒息したほうがマシかもしれない。

男はサディアに温情をかけてくれるようだったが、こんな身体で処刑を免《まぬか》れたところで、なんになろう。生きていく術《すべ》など、無力なサディアにはなにひとつなかった。

だからといって、男のやさしさを恨《うら》めしく思う気持ちはない。九年前に生母が亡くなってから、この家でサディアにあんなふうにやさしく語りかけてくる人はいなかった。男の声は、サディアが久しぶりに聞いた温かなものだった。

せめてなんとか自力で身体を起こそうと、サディアは懸命に目を開け、ぐらつく上体《じょうたい》を保とうとした。

そこで初めて、男の驚きに気づく。

「……おまえ」

男は目を見開き、サディアを凝視《ぎょうし》していた。

いったいなにを驚いているのだろうか。サディアは戸惑《とまど》った。

ゆらりと男が立ち上がる。四阿から出て、三段ほどの階段を降りてくる男を、サディアは訳がわからないまま見上げていた。

男は、この辺《あた》りでは珍しい長身をしていた。サディアを見つめる瞳は翡翠《ひすい》の色。髪は薄い甘茶色《あまちゃいろ》。それを、黒い短衣の肩にやや垂らすようにして伸ばしている。

いかにも武人らしい堂々とした体軀《たいく》を包んでいるのは、黒一色の衣装だ。黒の短衣に黒の下穿《したば》き、長靴《ちょうか》も黒で、例外は腰の金の帯だけだ。それに長剣を差している。

装飾と言えるのはその帯くらいのものなのに、ほぼ黒一色の彼にサディアの目は惹《ひ》きつけられる。堂々とした佇《たたず》まいのせいか。それとも、男の放つ一種独特の力強い波動のせいか。

サディアはおずおずと、近づいてくる彼を見つめた。

男は、サディアの前に片膝をついた。しげしげと、さらに間近でサディアを凝視する。

「金の……」

呟《つぶや》きは、なにを見て洩《も》れたものか。

サディアが呆然《ぼうぜん》とするうちに、男は髪を摑んでいる兵士に放せと命令した。

「この者を放してやれ」

「はっ」

命に応じた兵士が即座に、サディアの髪から手を放す。支えを失って、サディアはまた地面にくずおれかけた。

だが、倒れると思った身体は、男の腕にかかえられる。

「あ……申し訳……ありません……」

同時に、羞恥《しゅうち》が込み上げた。

家族が出ていってから、世話する者のなかったサディアは、全身から臭気を漂わせている。髪も脂《あぶら》じみ、寝間着も汗に汚れていた。

こんなに近くで抱きかかえられたら、きっとひどく臭うに違いない。

サディアは咄嗟《とっさ》に、男を押しのけようとした。

しかし、男はかまわず、サディアをそのまま抱き上げ、立ち上がった。

いったい、彼はなにをするつもりなのだ。サディアは唖然《あぜん》として、男を見つめた。

「おまえ、名はなんと言う」

「あ……サディア・ランガルと……申します」

「ランガル……いや、違うな。おまえはただのサディアだ。病のために逃げ遅れた使用人、だろう？」

どこか悪戯《いたずら》っぽく、男は笑った。翡翠の目が、からかうように煌《きら》めいていた。

サディアはただただ呆然となる。なにを思ってか、本気でこの人は自分を助けようとしてくれているらしい。

だが、助けられたところで、サディアには行く当てもない。野垂《のた》れ死にするしかない身に、そんな慈悲《じひ》は苦しみでしかない。

サディアはそのことを告げ、死がむしろ慈悲であることを男に訴えようとした。

「僕は……ですが……どの道死ぬ身です。どうぞ、沙汰《さた》どおり処分なさって下さいませ」

男はフッと苦笑した。

「なにも案ずる必要はない。この屋敷でゆっくり養生《ようじょう》するといい。——そうだ。まだ名乗っていなかったな。わたしは、レゼジード・レイ・ロデス。リセル伯爵と皆は呼ぶが、おまえはレゼジードでいい」

「でも、伯爵様……僕は……」

「レゼジードだ」

男が、続けて念を押す。微笑んだ口元は、サディアをけして不快に思っていない男の感情を表していた。

だが、なぜサディアを？　しかも、ここでの養生まで許すとは、どういうつもりなのだ。

サディアには合点《がてん》がいかなかった。亡国の民である自分に、征服者側である男がどうしてこんなによくしてくれる。

「レ……ゼジード、様……どうして、僕を……助けて下さるのですか」

そう問わずにはいられない。

レゼジードは明るく笑った。弱ったサディアのすべてを包み込むような温かい微笑《びしょう》だった。

「うん、気まぐれだ。おまえの姿が気に入ったと言ったら、怖《こわ》がらせてしまうかな」

「姿……」

大陸東部一帯では、『妻』となるのはけして女性ばかりではない。気に入られれば、男であっても

『妻』の列に加わることは、珍しい話ではなかった。

では、レゼジードはそういう意味で、サディアを気に入ったのだろうか。病で、こんなに痩《や》せやつれた自分を。

知らず、サディアの頬が赤く染まった。心臓がドキドキと音を立てていた。

「冗談だ」

レゼジードがやさしく目を細める。そこには、なんの色めいた仄《ほの》めかしも見えず、本当に彼が戯《たわむ》れで言ったのだとわかる。

にもかかわらず、赤くなった自分にサディアは恥じ入る。自分のような者を、こんなに立派な男が求めるはずがないではないか。なんと馬鹿な反応をしてしまったのだろう。

羞恥に俯《うつむ》いたサディアに、レゼジードがやさしく微笑み謝ってくる。

「品のないからかいをして悪かった、サディア。だが、姿を気に入ったというのは本当だ。わたしを兄だとでも思って、ゆっくり養生してもらいたい。それがわたしの望みだ」

「そんな……もったいない……」

穏《おだ》やかに念を押され、サディアはどう答えたらよいのかわからない。

レゼジードがなにを思ってか知らないが、自分は本当に殺されずに許されるらしい。そんな幸運が我が身に訪れるだなんて、現実だろうか。

サディアにはにわかに信じ難《がた》いことだった。疎《うと》まれ、余計者として扱われるだけだった自分を、気まぐれでも助けようとする人がいるなんて。

だが、事実として、サディアは即席の法廷の場であった四阿前の庭園から、屋敷へと運ばれていっている。レゼジードの腕は力強く、サディアを勇気づけるように温かかった。

信じ難い幸運に、サディアはただ戸惑う視線を彷徨《さまよ》わせる。これをどう受け止めてよいか、わからなかった。

大きな足取りで、レゼジードはサディアを邸内へと運んでいく。ランガル家のものだった時には、サディアが足を踏み入れることなど許されなかった、邸宅の主たる部分にだ。

——まだ……生きられる。

不意にじわじわと、生の実感が込み上げてくる。初めて入る本邸の、その磨《みが》かれたガラス窓をサディアは見上げた。本当にこの人は、サディアを生かそうとしてくれているのだ。

窓越しに、初夏の晴れ渡った青い空が見えた。ついさっきまで色を失くしていたサディアの目に、その青が鮮やかに、夏の息吹《いぶき》を教えてくれる。それは、今までに見たこともないほど美しい景色だった。

空だけではない。日差しを受けて、新緑に煌めく若葉にも、サディアは目を細める。青々とした若い木々の葉は、まるでレゼジードの瞳の色のようだった。

この瞳の色の主が、自分を救ってくれたのだ。

——なんて綺麗《きれい》な……。

思いがけなくも生を拾ったサディアにとって、それは眩しいほどに美しい色だった。命の色だった。

邸内の、異母兄《いぼけい》のものであった部屋に、サディアは運び込まれた。

すぐに汚れた寝間着を脱がされ、簡単に身体を拭かれたあと、新しいものを与えられる。ふかふかのベッドも、上質な羽根布団《はねぶとん》も、なにもかも今までのサディアのものとは比べ物にならないほど質のいいものばかりであった。

身分の低い妾《めかけ》の子であったサディアには、母屋《おもや》の部分に居住区は与えられていなかったし、使用する日用品も地位の高い妻たち（とその子ら）に与えられたものとは質が違っていた。

数ならぬ身分の自分に、レゼジードはどうしてこれほどの厚遇を与えてくれるのだろう。サディアにはわからないことだらけだったが、ただひとつ、レゼジードが本気で自分を救おうとしてくれていることだけは理解できた。どういう理由か——それとも本人が言ったとおりの気まぐれであったのか——レゼジードは本当にサディアを助けるつもりらしい。

人心地ついて、サディアはそれまでの緊張からの疲労で、うとうととまどろみかけた。

レゼジードは、サディアをここに運んで指示を与えたきり、もういない。他にも、彼が指示しなくてはならないことが多くあるのだろう。

伯爵というからには、きっと偉い立場の人なのだろうと、サディアは思う。

二十代後半といった年齢の彼に、配下の者たちはよく従っていた。それは、彼らのサディアへの態度からも明らかだった。サディアなど、明らかに怪しい人間であろうに、レゼジードの命に従って、しごく丁重《ていちょう》に世話をしてくれている。それだけ、レゼジードの威令が行き渡っているということだろう。

だが、そうした細々《こまごま》としたところからレゼジードの素晴らしさを感じれば感じるほど、自分ごときへのこの厚遇に首を傾《かし》げてしまう。

レゼジードは冗談だとすぐに言ったが、もしかしたら本心は、サディアを妾の一人に加えたいと思ってくれているのだろうか。

そんなふうに自問して、サディアはつい頬を赤くする。不遜《ふそん》な望みのようにも、レゼジードの親切心を汚すようにも思え、自分自身を窘《たしな》める。

そもそもサディアは、他人に好《よ》しと思ってもらえるような容貌《ようぼう》ではない。病にやつれ、頬は削《そ》げ、目は落ち窪《くぼ》み、手足も骨と皮同様の有様《ありさま》だった。この姿を愛《う》しと感じる者など、いるはずがない。

現に、レゼジードに命じられてサディアの世話をしてくれた従者の目にも、明らかな同情ばかりが見え、サディアの容姿を賛嘆《さんたん》するような眼差しは欠片《かけら》もなかった。

――恥ずかしい……。

少し冗談を言ってもらえたくらいで、こんな大それた夢想をする自分に、サディアは羞恥した。

レゼジードが自分を助けてくれたのは、気まぐれ——それから、もしかしたら憐《あわ》れみ。きっとそういうことだ。

サディアは己《おのれ》にそう言い聞かせ、まどろみに落ちようとした。

と、小さく扉を叩く音が聞こえた。寝入りかけた目蓋を重く開き、サディアは「はい」と応じた。

すぐに扉が開き、人影が入ってくる。足首まで裾のある長衣を着た神官だった。

「具合はいかがですか？」

そう訊《たず》ねて、寝台の側に腰を下ろした彼は、『ナン』の称号を持つ高位の神官であった。『ナン』とは、『力ある者』の意で、神々から特別な力を授かった神官に与えられるものだ。

そんな高位の神官が来たことにサディアは驚き、慌《あわ》てて身を起こそうとした。

それを、神官が軽く押し留める。

「伯爵の仰《おっしゃ》るとおり、だいぶ病が進行しているようですね。そのまま横になって、目を閉じていて下さい。治療いたしましょう」

「治療だなんて……。僕ごときが、あなた様のような方に治療していただくなど、もったいないことです」

サディアは謹《つつし》んで、辞退しようとした。薬の治療では限界のある血の病の者をなんとか永《なが》らえさせるためには、『ナン』の称号を持つ神官から特別な治療を受けるしかないのではあったが、ジュムナ王国が破れず、ランガル家が安泰《あんたい》であった頃であっても、サディアにその措置《そち》が取られたことはなかった。

それもそうだろう。ランガル家に『ナン』を呼ぶ力がなかったわけではないが、たかだか妾の子風《ふ》情《ぜい》に大金をかける酔狂《すいきょう》などない。

ランガル家ほどの大家であっても、治療に高位の神官を招くのは、当主やその後継ぎ、あるいは当主鍾愛《しょうあい》の妻や子のためでしかあり得なかった。

それほどに、『ナン』の称号を持つ神官を招くのは、高額な対価を必要とすることであった。

サディアにしてみれば、世話をしてもらい、休む場所を与えられ、咳止めの薬湯《やくとう》のひとつももらえれば、それで充分。神官を呼ぶほどの治療など、思ってもみないことであった。

だが、断ろうとするサディアを、神官は笑って宥《なだ》める。

「リセル伯爵のご厚意です。あなたはただ、その幸運を伯爵に感謝されるだけでよい。これほどになるまで放っておかれて、苦しかったでしょう」

そう言うと、神官はさっさとサディアの寝間着の前を開き、胸に手を当ててくる。ほんのりと掌《てのひら》全体が発光し出し、やがて温かなものがそこから全身に広がっていく。

反駁《はんばく》しようとしたサディアはその温かさに包まれ、思わず目を閉じた。薬効とは根本的に違う感覚に、全身が浸《ひた》される。病み疲れた身体の隅々にまで力が行き渡るような、そんな慈雨《じう》のようななにかに全身を満たされる心地がした。

ややあって掌が離れ、サディアはそれまで慢性的にあった喉を塞《ふさ》ぐような苦しさが薄れていることに気づいた。呼吸が、さっきよりもずっと楽になっている。

——これが、神々の力……。

呆然と、治療を終えてサディアの寝間着を整えてくれる神官を見上げた。サディアと目が合うと、神官はニコリと微笑んでくれる。

「少しは楽になりましたか？　これから毎日、あなたのもとに通います。十日もすれば、もっと楽になるでしょう。そうしたら、一週間に一度程度に回数を減らしていきましょう。完治させるのは、神の力をもってしてもさすがに無理ですが、楽に生きられるようにはなります。そう、三月《みつき》もすれば健康な方とさほど変わらない暮らしができるようになるでしょう」

血の病は業病で、神官の力をもってしても完治するということはない。しかし、油断すると体調を崩しやすい、程度には回復させることは可能だった。

「三月で……僕が、そんなふうに……？　でも……」

喜びと、それと同じくらいの戸惑いが、サディアを口ごもらせる。病が軽くなるのは嬉しい。だが、こんな高価な治療を自分が受けて、いいのだろうか。

いや。どうして、そこまでレゼジードはよくしてくれる。

同情からだけでは、少々考えられないほどの待遇だった。

といって、妾にするような値打ちなど、自分にはない。また、なにか特別な才があるわけでもない。

高価な治療を受ける価値など、サディアのどこにもなかった。

ただの気まぐれや憐れみからのものだと納得するには、『ナン』の称号を持つ神官の治療は、あまりに高価なものだった。サディアは戸惑いを隠せない。

神官のほうは、理由などさして気にならないようで、サディアを寝かしつけると、立ち去ろうとする。

そこに、軽いノックのあと、扉が開いた。レゼジードだった。

「ああ、治療は終わったか。どうだった?」

問いかけるレゼジードに、神官は軽く頷きを返す。

伯爵であるレゼジードにへりくだった態度を取らないのは、それだけ『ナン』の称号を持つのが特別である証《あかし》だ。この東大陸で、『ナン』の称号を持つ神官は、たとえ王族であっても立場は対等とされていた。もちろん、なんにでも例外はあるが。

「かなり症状は進んでおりましたが、大丈夫でしょう。今後十日ほどは毎日通う必要がありますが、あとは一週間に一度程度の治療で良くなっていくはずです」

「それはよかった。よろしく頼む」

レゼジードの依頼に軽く会釈し、神官は部屋を出ていく。

それらを、サディアはハラハラした思いで聞いていた。助けられただけで充分なのに、レゼジードにこれ以上の散財はさせられない。

枕元へとやって来るレゼジードに、サディアは起き上がって平伏《へいふく》した。

「これ以上の治療は、もったいないことでございます。どうぞ、お気遣い下さいませんよう、お願いいたします」

「どうした、サディア。顔を上げろ。神官の治療が辛かったわけではないのだろう?」

肩を取られ、身を起こされる。サディアは申し訳なさに俯きながら、辛くはないと答えた。辛くないどころか、薬湯を飲むよりも、ずっとずっと楽な治療だった。

だが、問題はそういうことではない。ここまでの治療をされては、もはやただの気まぐれでは済まされない。あまりに分不相応《ぶんふそうおう》だ。

サディアはレゼジードの手を外し、寝台に手をついて訴えた。

「ここまでしていただく理由がありません。僕は……こうしてお救いいただいただけで、もう充分なのでございます。あのような高価な治療……」

懸命に訴えたサディアに、レゼジードは小さく笑った。苦笑のようだった。

「そう恐縮されても困るな。わたしが好きでやっているのだ。遠慮することはない。だが、理由が必要だと言うのなら……そうだな。亡くなった弟の供養《くよう》だと思ってくれればいい。この遠征に来る直前、弟が病で亡くなってな。母が違う弟で、だから遠慮したのだろう。わたしも多忙で家内に目が行き届かず、弟の病に気づくのが遅かった。この家に打ち捨てられていたおまえを見た時、つい弟のことを思い出してな。あれも母親の身分が低く、万事に遠慮がちであった。もっと早く、具合が悪いことに気づけていたら……。その悔いも込めてのことだと、納得してほしい」

「レゼジード様……」

深い後悔を感じさせるため息をレゼジードが吐くのを、サディアはそっと見上げた。

弟――。

胸が、少し痛んだ。

サディアの異母兄弟たちは、サディアの待遇になんの痛痒《つうよう》も覚えない様子だったが、レゼジードは違う。たとえ、母親の身分の低い弟でも、兄として弟のことを心配する人だった。

レゼジードの亡くなった弟は、なんて幸せな人なのだろうか。

二人の兄弟の絆《きずな》の深さに、サディアは羨《うらや》ましさを感じた。羨ましく、そして、レゼジードのやさしさが沁《し》みる。同時に、そんな兄を煩《わずら》わせまいとした弟の思いも。

とはいえ、自分はレゼジードの本当の弟ではない。いくら供養のためとはいえ、高位の神官からの治療は高価すぎる。

「お気持ちはありがたいのですが、あのような治療はやはり……」

「駄目だよ。最初に見た時から、死なせたくないと思ったのだ。わたしの心の平安のためだと思って、受けてくれなくては困る」

サディアの訴えを、レゼジードは聞いてくれない。

結局、サディアは不承不承《ふしょうぶしょう》ながらも、レゼジードの処置を受け入れるほかなかった。弟の代わりと何度も言われ、その目に浮かぶ苦悩に射抜かれ、最後には頷かされる。

「よかった。ありがとう、サディア」

最後にはそんな礼まで言われて、サディアはただ困惑するしかなかった。本当の弟の代わりだとしても、自分がここまでの厚情を受けてもいいのか。

だが、レゼジードは嬉しそうだ。

困惑しつつ、サディアは頷くしかなかった。


ベッドに寝かせたサディアの髪をそっと撫《な》でて、レゼジードは彼の休む部屋を後にした。

その信頼を寄せる眼差しに、わずかに胸が痛む。良心の痛みだ。

弟が亡くなったのは事実だが、サディアに話したような愁嘆場《しゅうたんば》を演じたわけではない。できる限りの治療を施《ほどこ》した上で、レゼジードの異母弟は逝《い》っていた。

だが、不審に思うサディアを納得させるためには、多少の作り話が必要だった。なんとなれば、いまだレゼジードに本心を告げる意思はないのだから。

静かに扉を閉めて、レゼジードは小さくため息を洩らした。サディアの遠慮がちで、心映《ば》えのよさを偲《しの》ばせる様子が、いっそうレゼジードの良心を苦しめる。

彼は、おそらく苦労して育ったのだろう。見たところ、ランガル家の一員として大事にされていた様子はなく、病を得たことで疎まれていたのが察せられた。彼にとって、レゼジードのやさしさ――

それが真実のものでないとしても——が、しごく胸に沁みるのは、見ていて痛いほどにわかった。レゼジードとて、けして彼を謀《たばか》りたいわけではない。

——いや、言い訳だな。

レゼジードは自嘲《じちょう》した。どれほど正当化しようとも、サディアがあれほどあの方に似ていなければ、レゼジードはけして助けなかっただろう。

ナ・クラティス八旗軍のひとつ、紫旗《しき》将軍であるレゼジードには、軍を率いる者としての責任がある。接収したジュムナ貴族の屋敷に居残った者があらば処刑すると布告した以上、指揮する者として例外を出すわけにはいかなかった。たとえ、引き出されたサディアがどれほど憐れであっても。

ただ、サディアにとって幸運であったことに、彼の容貌がレゼジードの目を引いた。痩せ細り、一見したところそうとはわかりにくいだろうが、近侍《きんじ》するレゼジードには一目でわかった。

サディアはあの方に似ていた。レゼジードが主《あるじ》と仰《あお》ぐ、ナ・クラティス国王デル・ルーセルと第一王妃との間の第二子エギールに。

それゆえ、レゼジードはわざわざ高位の神官に連絡を取ってまで、彼の命を永らえさせようとしたのだ。けして単なる親切心や同情、ましてや弟を悼む心からではない。

現在、レゼジードが仕《つか》えるエギール王子は、微妙な立場に置かれていた。デル・ルーセル王はいまだ王太子を定めておらず、その地位を巡って同母兄であるランジスとは水面下で陰湿な争いが生じていた。

ナ・クラティスでは、後継者は王によって指名される。兄であるとか、弟であるといった年齢は考慮されない。

そして、現王はエギールを愛していた。もっと正確に言えば、エギールの聡明《そうめい》さを。

それゆえ、兄であるランジスは焦《あせ》り、エギールに悪意を向けているのだ。

エギールに仕えるレゼジードとしては、今後ランジスがどんな手段に訴えてくるか、案じること大であった。

サディアを見た時、もしもの折にエギールとよく似た少年がいたら、選択範囲が広がるとレゼジードが考えたとしても、臣下としては当然であっただろう。身代わりが必要と考えられるほど、エギールとランジスの関係は緊迫の度を深めていた。

ただその身代わりも、治療を進め、やつれを癒《い》やし、どれだけサディアがエギールと似てくるかで違ってくる。今の痩せ細ったサディアでは、エギールとの相似《そうじ》に誰も気づかないだろう。

レゼジードの予想どおり、よく似てくれば、エギールの身代わりとして役に立つこともあろうが、思ったほど似てこなかったという場合もありうる。

――そうであれば本当に、弟の代わりとして身の立つように世話をしてやればいい。

それがはっきりするまでは、なにも憐れなサディアに真意を告げることもないだろう。

サディアの身の上のこともあり、レゼジードはつい真実を告げるのを躊躇《ためら》ってしまった。それほどに、痩せ細った病軀《びょうく》のサディアは憐れみを誘った。

——とにかく、まずはサディアの身体を治すことだ。

きっぱりと割り切り、レゼジードは武人らしく実務的な面に意識を向けた。どうなるかわからないことを思い煩う感性は、レゼジードにはなかった。

それよりも、やらなくてはならない務めが山積している。

ジュムナ王国占領は、始まったばかりだ。さっさと始末を終え、一刻も早くナ・クラティスに帰還する必要があった。エギールを守り、無事王位に即《つ》かせるために。

レゼジードはサディアのことを頭から一旦消し去り、執務へと戻っていった。

§第二章

ナ・クラティスによるジュムナ制圧後、半月ほど経ってから、王を始めとする男性王族たちは処刑された。

とはいえ、元から王に対する怨嗟《えんさ》の声があったジュムナでは、それに対する反感は少なかった。民たちも、王の失政により大きく疲弊していたことがその主な理由だろう。

むしろ、ナ・クラティスの支配が始まってからは、豊富な物資がナ・クラティス本国から送られ始め、民の暮らしは逆に飢餓《きが》の瀬戸際から脱出しようとしている。疲弊した民たちは、ナ・クラティス軍を受け入れ始めていた。

サディア自身も、いよいよジュムナという国が滅んだのだと実感させられる王族の処刑に、思ったほどナ・クラティスへの憎しみがかき立てられることはなかった。

自分は情が薄いのだろうかとも思ったが、貴族の一員であったとはいえサディアにとって王族はあまりに遠い存在であったし、邸内でのサディアの立ち位置が微妙なこともあって、支配層に心を寄せることも少なかったからだろうか。

いや、支配層だけではない。サディアの身分は貴族であっても、そこに居場所はなく、といって使用人や民たちからも身分が違うと敬遠され、生まれてから今日まで、ジュムナでのサディアの居場所はどこにもなかった。

唯一受け入れてくれたのは、亡くなった母だけで、その母も使用人から妾に昇格したことから上の身分にも下の身分にも居場所を失くし、いわば親子して孤独であったのがサディアたち母子であった。

ジュムナでは、身分というものがはっきりと決められており、下の者が上がることも、上の者が下がることも、まずない。

サディアの母親が妾になれたのも、サディアをみごもったためだ。サディアの父に子は少なく、たとえ使用人の腹から生まれた子でも、もしものために必要と考えられたからだ。そんな事情でもなければ、サディアの母のように戯れに手をつけられた端女は手慰みに玩《もてあそ》ばれるだけで、あとは打ち捨てられるのが常だった。

そういうわけだから、サディアもその母親も孤独であった。せめて、父であるランガル家の当主ウォグルだけでも母子を気にかけてくれていたらまた違っただろうが、ウォグルは数回母に手をつけたきりで、あとは母子へと関心を寄せることはなかった。

思わぬ身分の上昇を遂《と》げた母に、朋輩《ほうばい》であった使用人たちも冷たかった。

ジュムナ人でありながら、まるで異邦人のような扱いを受けていたのが、サディアたち母子であった。

自分が母国に対して思うところが少ないのもそのためだろうか、とサディアは思う。

生国がジュムナ王国であった時よりも、むしろ今こそが、サディアにとって居場所と言えるものがあるように感じられた。

「——サディア、おはよう。調子はどうだ」

レゼジードが、サディアの部屋にやって来る。すでに神官による集中的な治療は終えて、今のサディアは週に一度、診《み》てもらうだけでよくなっている。

それに伴って、部屋も元は兄のものだった部屋から、レゼジードの隣室に移されていた。

もともとは、夜に父親が女性と過ごすための部屋だ。ジュムナでは、身分のある女性が夫以外の男性の前に姿を現すのはけしからぬこととされていたため、ランガル家のような名家では女性部屋と男性部屋が厳然として別たれているのが通常だった。

そのため、夜に男女がともに過ごすためには、男性の部屋の隣に、選ばれた妻の一人を呼ぶという形式を取るようになっていた。

その夫婦で過ごすための部屋に、サディアの居室は定められていた。

少し、気恥ずかしくサディアは思う。もちろん、レゼジードがサディアを求めるなどという不遜なことは考えていないが、それでも、夫婦が使用する部屋に自分がいることに、そこはかとない羞恥を感じるのはどうしようもない。

ましてや今のサディアは、表向きレゼジードの妾ということになっている。それが、接収された屋敷に居残っていたサディアを殺さなかった、理由となっていた。

そのことを、レゼジードは「すまない」と謝ってきたが、サディアからしてみれば謝るのはこちらのほうだった。本来なら処刑されるべき自分を助けるために、レゼジードの色好みという、ある種彼にとっては不名誉でもある理由を作ってくれたのだ。感謝しこそすれ、謝られることではない。

サディアはジュムナの深窓《しんそう》の姫君ということにされ、レゼジードに庇護《ひご》されてゆったりと日々を過ごしていた。滋養《じよう》のある食事に、神官による治療で、体調も日々改善に向かっている。

そんなサディアと、レゼジードは必ず朝、食事をともにしてくれた。あとからわかったことだが、レゼジードはジュムナ制圧の指揮官という高位にいる人――それだけに、サディアのために沙汰破りをさせてしまったことが心苦しくあるのだが――で、昼は慌ただしく、夜も遅くまで執務があるため、顔を合わせるには朝しかないからだ。

そんな心遣いも、サディアにとっては嬉しいことだった。

調子を訊《き》いてきたレゼジードに、サディアは控《ひか》えめに微笑んで答える。

「はい、毎日少しずつ良くなっているのがわかります。レゼジード様のおかげです」

「よかった。あともう少し肉がついたら、もっと良くなるだろう。読書をするのはいいが、適度に休みながらにしなさい、サディア」

「はい、レゼジード様」

しっかりと日常を把握されていることにはにかみながら、サディアは頷いた。忙しい身なのに、こうしてちゃんとサディアを気にかけてくれていることが嬉しい。

その厚意に応《こた》えたくて、サディアは自分の前に置かれた粥《かゆ》を掬《すく》いながら、レゼジードに報告した。

「昨日は、いろいろと間食をしました。ミルクに糖蜜《とうみつ》を入れたものを飲んだり、焼き菓子を食べたり。前よりもお腹《なか》が空くようになって」

ナ・クラティスを始めとする東大陸一帯では、床に座る文化が主流だ。サディアもレゼジードもふんだんに置かれたクッションの上に腰を下ろし、下に短い脚《あし》のついた銀の盆の上に置かれた食事を抓《つま》んでいる。

サディアの話に、レゼジードが満足そうに口元を綻《ほころ》ばせる。

「腹が空くようになったのはいいことだ。その調子で、お茶よりもミルクのほうをよく飲むといい。

糖蜜を好きなだけ入れてな」

「はい、ありがとうございます」

糖蜜を好きなだけなど、たいそうな贅沢《ぜいたく》だ。サディアの家でも、父や身分の高い妻子たちならいざ知らず、サディアたち母子には許されないことだった。

贅沢といえば、身に着けている衣服も、今までにない上質のものだった。

これまでのサディアは仕立てこそ貴族のものだったが、刺繍《ししゅう》も少ない、地味な着衣ばかりであった。それが、レゼジードが用意するものは、生地からしてチクチクしない、滑《なめ》らかなものであったし、優雅な刺繍で飾られている。武人であるレゼジードの上衣は動きやすい短衣だが、サディアには優美な裾の長い上衣が与えられていた。その下に同系色や、あるいはわずかに色の濃度を変えた下穿きを着けるのが、東大陸一帯の上流層の衣服だった。

その格好で胡坐《あぐら》や、あるいは片膝を立てた状態で寛《くつろ》ぐのが、この辺り一帯の流儀である。

甘く味付けられた粥を、サディアは口に運んだ。レゼジードの盆のほうにはたっぷりの卵料理や冷《れい》製《せい》の肉料理、茹《ゆ》でた野菜にパンなどが盛られている。小食のサディアと違って、レゼジードは健啖家《けんたんか》であった。

いつものことながら感嘆《かんたん》の思いで見つめていると、レゼジードが「ん？」と声を出し、サディアに向けて、朝によく食べられる冷えた塩漬けの肉をスライスしたものを差し出してくる。

「そろそろ、サディアもこれを食べてみるか？　卵もいいが、肉はもっと力がつくぞ」

サディアは慌てて首を振った。

「い、いえ、僕はまだ……！　お肉よりも、魚の酢漬けのほうが」

「女子供の好きそうなものが、サディアは好きだなぁ。だが、魚でも、食べる気になったのはいいことか。最初の頃は、重湯《おもゆ》くらいしか欲しがらなかったからな」

そう言うと、レゼジードが目を細めてサディアに微笑む。慈《いつく》しむようなその眼差しに、知らず、サディアの頬が赤らんだ。

それをどう受け取ったのか、レゼジードがクスクスと笑って、サディアへと差し出した肉をパクリと頬張る。

「うん、美味《うま》い。もっと身体が良くなれば、サディアもじきにこういうものが食べたくなる。もうすぐだ」

励ます微笑みに、サディアはおずおずと笑みを返した。さっきの頬の赤みを、レゼジードは、サディアが自身の小食を恥じてのものと受け取ったのだろう。

そのことにホッと胸を撫で下ろしながら、サディアは肉の代わりに自分の盆の卵料理を掬った。粥と違って、こちらには塩気がある。

「美味《おい》しい。卵だったら、もうたくさん食べられます」

わざと子供のように胸を張ってそう言うと、レゼジードが大きく頷いてくれた。

「おう。いい食べっぷりだ」

兄が弟を励ますように讃《たた》えてくれる。

胸が痛いような、苦しいような、不思議な切《せつ》なさを、サディアは押し殺して笑った。

この頃時々、サディアの胸はこうなるのだ。頬が赤くなるのが恥ずかしいのだ。

だがそれを、深く考えてはいけないということは、どうしてか本能的にわかっていた。

たぶん、自分はレゼジードの本当の弟でないことが悲しいのだ。この人が本当の兄でないのが残念なのだ。サディアの家族は、生母を除けば単に血が同じだけの他人であったから。

そう自分に言い聞かせ、サディアはもっとレゼジードを喜ばせようと、粥を頬張った。

と、いきなりだったためか、咳き込んでしまう。

「ごほっ……げほっ……げほっ」

「サディア！　大丈夫か」

すぐにレゼジードが席を立って、サディアの隣に移動すると、背中を撫でてくれる。

「ごめ……ごめんなさ……げほっ」

申し訳なくて、サディアは謝った。せっかく調子のいいところを見せたかったのに、どうして自分はこうなのか。

「話さなくていい。落ち着け、サディア」

やさしく、ゆっくりと、レゼジードが背中を撫でてくれる。その温かさに少しずつ、サディアの呼吸も落ち着いていった。

「申し訳ありません。ご迷惑をかけて……」

「そんなことは気にしなくていい。わたしが煽《あお》るようなことを言ったのが悪かったのだ。すまなかったな、サディア」

「いいえ、レゼジード様は悪くはありません。僕が……」

とんでもないと言い募《つの》ろうとした時、扉が静かに叩かれた。

サディアの背を撫でながら、レゼジードが「入れ」と応じる。

やって来たのは、サディアの世話係も命じられている、レゼジードの従者だった。

「お食事中、申し訳ございません。伯爵様にお会いしたいという方が……」

どうも仔細《しさい》があるらしく、言葉を濁《にご》す。

レゼジードは側に寄れと側仕えに指示し、問いかけた。

「どういう相手だ」

従者は、チラリとサディアに視線を送った。

「どうも……サディア様のお父君のようで」

「サディアの父だと？　ランガル家の当主が何用か」

レゼジードが顎《あご》を撫で、わずかに思案する。

しばらくして、ため息をついた。

「わたしが囲っている深窓の姫君がサディアだと知ったか……」

レゼジードの呟きに、サディアの顔が強張《こわば》った。父がいったい、なんのために訪ねてきたのだ。だが、理由はわからないが、レゼジードにとっていい話のようには思えない。

「レゼジード様、父は……」

「ああ、心配しなくていい、サディア。大方《おおかた》、おまえがわたしの妾に納まったと思い、余禄《よろく》をねだりに来たのだろう。今、ジュムナの貴族は生き残りに必死だからな」

そう言うと、レゼジードが立ち上がった。サディアも放っておけないと立ち上がる。

「レゼジード様にご迷惑をおかけするわけにはまいりません。僕が行って、父に勘違いだと言ってきます」

だが、扉へと向かいかけたサディアの腕を、レゼジードが引き留める。

「いや、おまえが言ったところで、父上は引き下がらないだろう。――ところで、おまえはどうしてほしい？　一族の再興を望むか。それとも、これまでの復讐《ふくしゅう》をしてほしいか。わたしとしては、一泡《ひとあわ》吹かせてやりたいところだが」

そう言って、レゼジードは悪戯っぽく笑った。気負い立ったサディアを静めるような、おどけた口調だった。

サディアは虚《きょ》を突かれ、レゼジードを見上げる。レゼジードがなにを言っているのか、一瞬理解できなかった。

再興？　復讐？

そんなこと、この半月でサディアは考えてみたこともなかった。打ち捨てられた子供であったことをただ受け入れるのみで、恨む心など浮かんだこともなかった。

だが、恨み——。

自分は家族に対して、なにを思っているのだろう。

サディアは戸惑った。憎しみも、恨みも、サディアのどこからも湧《わ》き上がらなかった。

それよりも感じたのは……空疎《くうそ》さ。

サディアは父になにも感じなかった。父の妻たちにも、自分の異母兄弟たちにも、なにも思わなかった。

——だって、僕たちは家族とは言えなかった……。

血はたしかに繋《つな》がっていたが、サディアにとって母屋で暮らす父や兄弟たちは遠い存在だった。あまりに遠くて、なんの感情すらも湧かないほど。

初めて、サディアは寂しさを自覚した。ランガル家の一員として養われていても、けして仲間には入れてもらえなかった自分たち母子のことを思った。上にも下にも、サディアたちに居場所はなかった。ここにいてもいいのだと思えたのは、レゼジードの側にある時が初めてで——。

サディアはじっと、レゼジードを見つめた。母以外では初めて、自分を懐《ふところ》に入れてくれた人を見上げた。

そうだ。自分に恨みはない。だが、家族という心も、ランガルの家にはなかった。

サディアは静かに口を開いた。

「再興も、復讐も……僕は望みません。僕は……あの家の人間にはなれなかった。僕はただのサディアです。ランガル家とは関わりありません」

そして、だからこそ続ける。

「僕も父に会わせて下さい。けじめをつけさせて下さい」

そう言って、深く頭を下げる。

サディアを、レゼジードはじっと見つめていた。だが、しばらくして、小さなため息とともに応じてくれる。

「――そうか。わかった」

レゼジードの手がやさしく、サディアの頭に置かれた。力づけるように一度、二度ポンポンと叩き、それは離れた。

サディアは顔を上げ、レゼジードを見上げた。レゼジードの綺麗な翡翠の瞳が、深みを増してサディアを見返していた。それ以上言葉はなかったが、どうしてか、サディアは自分の思いが理解されたような気がした。

もう一度、サディアは礼を言い、レゼジードに続いて父が待たされている部屋に向かった。

父ウォグルが通されていたのは、応接の間とも言えないような、窓も小さな手狭な部屋だった。ランガル家が暮らしていた頃であれば、富貴《ふうき》の家長を通す場所とはとても思えないところだ。

その床に、ウォグルはやや憮然《ぶぜん》とした面持《おもも》ちで坐《ざ》していた。レゼジードが入ってきたことに気づくと、軽く頭を下げる。しかし、背後にいるサディアには訝《いぶか》しげな目を向けた。

サディアの顔すら、この人は知らないのだ。

そのことに、サディアの顔にはわずかな悲哀と、そんな自分への自嘲、最後に苦笑が浮かぶ。

親子でありながら、自分と父との間はなんと遠く離れていることか。

そのことを改めて感じさせられ、寂しさを胸に抱えつつ、サディアはレゼジードの斜め後ろの位置に腰を下ろした。振り返ったレゼジードに目で断りつつ、父に挨拶《あいさつ》する。

「お久しぶり……と言うべきでしょうか、父上。サディアです」

それを受けて、ウォグルが初めてハッとしたようにサディアに視線を向けた。

物心ついてから、サディアが父と会った記憶はない。あるいは陰からサディアを見たことがあったかもしれないが、面会という形で父と対面したことはなかった。

回復してきたとはいえ、まだ痩せているサディアに、ウォグルはわずかに眉《まゆ》をひそめる。お世辞《せじ》にも美麗《びれい》とは言い難い息子の姿に、本当にこんな者を愛人にしているのかと、疑念が湧いたのかもしれない。あるいは、レゼジードの趣味に対して気が知れないと思ったのか。

しかし、戸惑いをぎこちなく押し隠し、わざとらしくウォグルが声をかけてきた。

「元気そうでなによりだ、サディア。病の身ゆえ、やむなく置いていく羽目《はめ》になったが、おまえが無事かどうか心配していたのだ」

心にもないことを、さも気遣わしげに言ってくる。それが、自分に向けられた父の第一声であることに、サディアの心は沈んだ。

本当に心配なら、息子を敵地となる屋敷に残しはしない。資産を奪われたとはいっても、別に身ぐるみ剝《は》がれたわけではない。父たちが屋敷から出ていくために、様々な荷造りをしている様子はサディアのいる離れからも窺《うかが》えた。屋敷を追われて、今までのような大貴族の暮らしはできなくなったかもしれないが、生活に困るほどにはなっていないだろう。

現に、ウォグルの端麗《たんれい》な装いがそれを証明している。身に着けているものも、サディアに劣らぬ上質な生地に品のよい刺繍が美しく、耳や手首につけた宝玉もランガル家の当主に相応《ふさわ》しい逸品《いっぴん》だ。火熨斗《のし》が当てられパリッとしている着衣からは、使用人による入念な手入れが見て取れる。けして、貧苦に陥《おちい》っているわけではない。

サディアは無言で、瞳を伏せた。

だが、父はぎこちないサディアの態度などまるで気にせず、今度はレゼジードへと話しかける。

「我が息子が、あなたにたいそう世話になったようですな。よほどお気に召されたようでなによりです」

口調は和《なご》やかながら、意味ありげに笑みを浮かべて目を細める。

どこか下卑《げび》た推察を感じさせる父の態度に、サディアは唇を嚙《か》みしめた。病んだ息子を死ぬとわかっている場所に平気で捨てていけるような父と、レゼジードは違う。下劣なあなたと一緒にするな、とサディアはウォグルに言おうとした。

そんなサディアを軽く制し、レゼジードが面白そうに口を開く。

「あいにく、幽霊を抱く趣味はわたしにはないのだが」

「幽霊？　なにを言っておられる」

ウォグルが訝しげに眉をひそめる。

だが、レゼジードの悠然とした言《げん》で、サディアのほうは我を取り戻す。自分がなんのために、この場に同席を乞《こ》うたのか。

少なくとも、父を口汚く罵《ののし》るためではない。口論するためでもなかった。

「――レゼジード様のお言葉に偽《いつわ》りはありません、父上」

サディアは静かに、父に語りかけた。ウォグルがなにを言っている、とサディアを見返す。

その目をじっと見つめ、サディアは訣別《けつべつ》の思いを口にした。そうするために、自分はここに来たのだ。

「あなたがここに僕をお捨て置きになった時に、僕は死にました。今、ここにいるのはサディア・ランガルの幽霊です」

「なにを……ふざけたことを。おまえは生きて、ここにいるではないか。わたしの息子はここにいる。馬鹿なことを言うな！」

ウォグルが声を荒らげる。叱責《しっせき》は、父から子へのものというより、目上の者から目下の者への命令と言ったほうが近い口調だった。

父にとって、自分がどれほどの位置にいたのか。それがまざまざと感じ取れる。

今も、親である自分が命じさえすれば、サディアがランガル家のために働くと簡単に考えていたのだろう。

だが、サディアにとって家族と感じられる存在は、亡くなった母だけだった。顔も見に来てくれたことのない父ではない。睦《むつ》み合った記憶もない異母兄弟たちも、父の数多くの妻たちも、サディアとは遠い人たちであった。

なぜ、そんな自分に会うために、父がわざわざ来たのか。どうして、自分が家族のために力になると思ったのか。

なれるわけがない。もし、サディアが心にかけるべき存在がいるとしたら、少なくともそれは血が繋がっているだけの遠い家族ではなかった。

——死ぬしかなかった僕を気にかけ、助けてくれたのは、父じゃない。

サディアが恩義を感じ、その恩義に報《むく》いるべき人は別にいた。その人にだけは、絶対に迷惑をかけたくない。かけるべきではない。

だから、サディアは父だと言う男にはっきりと別れを告げた。

「息子ではありません。あなたの息子は死にました」

「馬鹿な……」

ウォグルはサディアでは埒《らち》が明かないと思ったのだろう。そう呟くと、標的をレゼジードに変える。

「あなたまで馬鹿なことは言わないでいただきたい。そこにいるサディアは、たしかに生きた我が息子だ」

「顔を見ても、誰だかわからなかった相手が息子、か」

レゼジードが肩を竦《すく》めて言う。ウォグルはやや慌てた様子で、口早に言い訳した。

「それは……！　あなたも貴族ならおわかりだろう。我々のような家で、親子がそう頻繁《ひんぱん》に顔を合わせることはない。多少の齟齬《そご》があってもいたしかたないではないか。だが、わたしはいつでも、我が子を気にかけていた。この子の病気のことだって心配していた」

「心配した結果が、置き去りか。ここに残されれば、死を命じられることはわかっていたはずだ。ゆえに、おまえの息子はその時死んだのだ。諦めろ」

レゼジードが淡々と言い放つ。

はっきり言われて、さすがのウォグルも恥じ入るところがあるのか、開きかけた口を閉ざす。だが、未練がましげにサディアを見つめた。

ややあって、ぼそぼそと取り縋《すが》るように呟く。

「サディア……置いていったことは悪かった。謝ろう。資産を奪われて、今までよりもずっと減った財産で一家を養わなくてはならなかったのだ。おまえは治らない病だったし……わかるだろう？　だが、こうしてリセル伯爵の寵愛《ちょうあい》を受けているのなら、どうか家族のために力になってくれ。このままでは、ランガル家は没落していくだけだ。なんとかできるのはおまえだけだ、サディア。おまえも我が家の血を引いているのだから……」

「本当に、ランガル家は没落するだけなのですか、レゼジード様」

言い募る父を遮《さえぎ》り、サディアはレゼジードに問いかけた。

レゼジードはチラリとサディアを見て、答えてくれる。

「ジュムナ王国は、今後我が国の一地方となって統治されることになる。陛下の方針により、ジュムナの貴族をその統治者にすることはないだろう。もし、再び立身したいと望むのならば、ジュムナの地以外で才覚を示さなくてはならない。あるいは、貴族以外の生き方を考えるか。でなくば、残された資産を食い潰すだけになろう」

つまり、なにもせずにいればいずれは没落する、ということだ。

「それは、どれくらいもつものですか」

「ふむ、使い方にもよるが……この屋敷に入った時、中の財はあらかた持ち出したようだからな。それに、領地は取り上げたが、住める屋敷はひとつ、田舎《いなか》に残してやっている。過ぎた贅沢を慎《つつし》めば、息子の代程度はなにがしか残すことが可能だろう」

「では、まだ数十年は時間があるということですね」

サディアは考え考え、呟いた。父親がレゼジードを見て、次いでサディアを見つめる。

「ランガル家は代々王にお仕えした名誉ある家系だ。その家を、おまえは見捨てるのか。おまえの中にも、ランガル家の血は流れているのだぞ。自分だけナ・クラティスの将軍の愛を受け、家族を見捨てる気か！」

「……あなたが想像するようなことは、僕とレゼジード様の間にはありません。この方は高潔な方です」

糾弾《きゅうだん》するウォグルを、サディアは窘める。それだけははっきり、言っておきたかった。

ウォグルの顔が歪《ゆが》む。

「は……なんの益《えき》もなく、おまえのような病体の人間を、なんで救うというのか。ただの慈悲だと言うつもりか！」

「ご慈悲です。あなたには欠片もないかもしれませんが、他の人間にはあるのです。それ以外の理由で、どうして僕のように醜《みにく》い者を助けるでしょうか。こんな姿の僕を、誰が寵愛するというのですか？」

瘦せ細った自分を、サディアはウォグルに指し示す。

こけた頰は少しは肉づいてきたが、まだふっくらしているとは到底言えない。落ち窪《くぼ》んだ目も、一時期よりはマシになってきているが、不健康そうに窪んだままだ。上質な衣服を身に着けてはいるが、中の身体はまだ瘦せて、服の中で泳いでいる。

こんな身体を、誰が愛しいと思うだろうか。

「しかし……」

それはウォグルの目にも明らかで、口ごもる。

サディアはウォグルに言い聞かせるように、再度口を開いた。

「ご慈悲です。レゼジード様は僕を憐れに思《おぼ》し召して、世話して下さいました。それゆえ、あの時サディア・ランガルは一度死んで、今度はただのサディアとして生き返ったのです。あなたが息子と思っているのは幽霊です。生きているのはあなたの息子ではなく、ただ人であるサディアです。家名はありません」

「……愛人のように側近くに置いておいて、ただの慈悲か」

ウォグルが忌々《いまいま》しげにそう呟く。頼りにならない息子を憎むように、サディアを睨《にら》んでいた。

サディアはそれに唇を引き結び、頷いた。自分を手《て》づるに、甘い汁は吸えない。そのことをきっぱりと、父にわかってもらいたいと願う。

「わたしに働けというのか？　民のように」

ウォグルが今度は憐れっぽく言ってくる。

それにも、サディアは目を逸《そ》らさなかった。

「猶予《ゆうよ》はあります。息子の代にまで残るほどの資産をお持ちでしょう」

「名誉あるランガル家の当主なのだぞ、わたしは！」

今度は声を張り上げた。

それにもサディアは応じなかった。

「ジュムナは滅びたのです。相応に、僕たちは生きなくてはなりません。もう、貴族の特権はないのです」

「親不孝者め……！」

「ですが、僕はレゼジード様の愛人ではありません。この身を救われただけで感謝するべきで、それ以上のことを望む力はありません」

「サディアの言っていることは本当だ。それに、ランガル家ほどの名家に勝手に力添えをしたと陛下に知れたら、さすがにわたしの首が飛ぶ」

あえて軽い口調で肩を竦めて、レゼジードが口添えしてきた。

そのレゼジードを、ウォグルが睨む。だが、笑みを浮かべながらもレゼジードの目はある種の冷たさを孕《はら》んでいて、それがウォグルの口を閉じさせる。実際、理由もなくランガル家を優遇すれば、レゼジードがナ・クラティス王から叱責を受けることを理解したのだろう。

腹立たしげに、ウォグルは大きく息をついた。

「……ナ・クラティス王は、ジュムナの貴族をどうなさるつもりか」

やがて訊いてきたウォグルの口調からは、さっきまでのサディアに縋る色は消えていた。名家の当主らしい、厳しい声音《こわね》だった。

「才覚のない者には、陛下のご慈悲は与えられぬだろう。亡国の貴族に、陛下の興味はない。ましてや、ジュムナの貴族層は民に憎まれている。ジュムナ王とともに失政を重ねたゆえにな。おまえたちに利用価値はない」

「生き残るためには才を示せ、か。いかにも小国から成り上がった国らしい言い草だな。――だが、よくわかった。我が家を絶やさぬために、その者が役に立たないということがな。ふん、生きているだけで負債にしかならない者を、よくも助けたものだ。死にぞこないの役立たずが！」

そう吐き捨て、ウォグルが立ち上がる。最後に蔑《さげす》むような一瞥をサディアに与え、背を向けた。罵るような眼差しだった。

わかっていたことではあったが、サディアは悄然《しょうぜん》と俯いた。いくら心で理解していたこととはいえ、実際に血の繋がった父からあのような言葉で罵られると、胸に突き刺さる。

結局最後まで、自分はランガル家の人間になれなかった。親子ではなかった。

そのことが、サディアの胸を塞いだ。

もし、自分が家のためにレゼジードに口添えしていたら――。

いや、とサディアは寂しくその仮定を打ち消した。たとえ、自分がランガル家のためにレゼジードに口添えしたとしても、ウォグルは一時は感謝の言葉を口にしても、本心からサディアを受け入れることはないだろう。ウォグルにとってサディアは、下賤《げせん》な女の血を引く息子と認めるのも忌々しい子にすぎなかった。

――僕は余計者……。

生きているだけで、他者に迷惑をかけ続ける。レゼジードにだって、高額な治療に金を使わせ、気を遣わせてばかりいる。こんな自分に生きている価値など……。

しかし、暗い想念に沈もうとしたサディアに、不意に温かさが与えられた。扉が閉まると同時に、レゼジードがサディアを抱きしめてきたのだ。

「レ……ゼジード……様……？」

「よく頑張った。よく逃げなかったな、サディア。よくやった」

父と対峙《たいじ》したことを褒《ほ》める、レゼジードの言葉だった。

じんわりと涙が滲《にじ》んだ。サディアを励まそうとするレゼジードの心遣いが、抱きしめられた腕から伝わってきて、胸が震える。

それは、父とはあまりに対照的な温《ぬく》もりだった。サディアを心から心配する温かさだった。

血の繋がった父親は、父と呼ぶにはあまりに遠かった。けれど、他人であるはずのレゼジードは、こんなにもサディアの近くにいて、脆《もろ》い心を思い遣《や》ってくれる。

――血の繋がりじゃない……。

サディアの目から、涙が一滴《ひとしずく》、零れ落ちた。

心を温めてくれるのは、血の繋がりではない。他者を思い遣る気持ちこそが、孤独から救ってくれる。

弟の身代わりであってもかまわない。たとえ身代わりが理由でも、この人はこんなにも自分を気遣ってくれる。我がことのように、心配してくれる。苦しみをともにしてくれる。

──本当の弟君には到底及ばないだろうけど、でも……。

この人のために生きよう。

サディアはそう決意した。この人のために生き、いつかこの人が必要な時、多少なりとも役に立てるようになろう。

サディアは心から誓う。

自分はもう、サディア・ランガルではない。ただのサディアとして、レゼジードのために尽くそう。

その決意の先になにが待ち受けているのか、サディアはまだなにも知らなかった。

§第三章

「──あれが、クラティア」

馬車の中からそっと前方を覗《のぞ》き、サディアは呟いた。父との別れから、ひと月半ばかり、時は過ぎていた。

サディアの頬にも、身体にもだいぶ肉がつき、一時期の痩せ細ったという具合からはかなり面変わりしつつある。まだ中肉と言うには細かったが、病的な状態からは脱していた。

ジュムナにはレゼジードと交代するための新たな駐在官がやって来て、それを潮《しお》にレゼジードたち侵攻軍はナ・クラティスに帰還することとなった。

それに伴い、サディアもともに来るように言ってもらえ、生国から初めて、出たのである。

小高い丘の上に、ナ・クラティス王国の都クラティアの壮麗な姿が見えていた。

ナ・クラティスはもともと沿岸諸王国と呼ばれた国の君候国のひとつだ。沿岸諸王国内には様々な君候国があり、代々それらの君候国の中から、順番に王が選ばれる慣わしになっていた。

しかし、しだいに力を増していったナ・クラティスが諸王国内の君候国を次々に併合《へいごう》していき、ついには一介の君候国から王国へと変貌を遂げる。その過程で、沿岸諸王国は消滅し、最終的にはすべてがナ・クラティスのものとなったのである。

沿岸諸王国をすべて手中に収めたナ・クラティスが、諸王国外へと初めて食指を伸ばしたのが、ジュムナ遠征である。

勢いのある国の王都というのは、離れた場所からでも華やいでいるのがわかる。どこか寂《さび》れた、荒《すさ》んだ雰囲気のあったジュムナの王都と違い、萌《も》えいずる若葉のような生き生きとした煌めきが、サディアのいるところからでも見て取れた。

王都に近づくと、街の門の前にずらりと人々が並んでいることに気づく。

群衆も多いが、それとは違う一行だ。おそらく、凱旋軍《がいせんぐん》を出迎えに来たナ・クラティスの王族か貴族だろう。

一行に近づくと、先頭にいたレゼジードが進み出て、馬から下り、挨拶している。

相手は誰だろう。

はるか後方の馬車の中から、サディアは前方の様子を窺《うかが》った。目を細めて、レゼジードが歩み寄った人影を見つめる。

「黒い髪……？」

まだ少年のような黒髪の人物に、レゼジードが恭《うやうや》しく挨拶していた。きっと、あの黒髪の少年が、出迎えの中で最も位の高い人物に違いない。

レゼジードがひどく嬉しげなのが、後方からでもわかった。

このふた月、ずっとレゼジードの側にいたから、なんとなく通じるものがあるのだろうか。遠目であったし、見えているのもレゼジードの背中だけであるのに、彼が常になく喜んでいるのが、サディアにはわかった。

いったい、どういう相手なのだろう。

馬車の垂れ布を引き、隠れているようにとレゼジードから命じられていたが、サディアは好奇心を抑《おさ》えられず、馬車が門に近づくと、ちらりと垂れ布から外を覗いた。凱旋軍を見守っている少年を、見ずにいられなかった。

だって、あれほどレゼジードが喜ぶということは、彼にとって大切な人なのだろうからだ。レゼジードにとって大切な人は、サディアにとっても大切な人になる。

そんな言い訳をしつつ、垂れ布の陰からサディアはその人を垣間見《かいま》る。

しかし、見た瞬間、心臓が大きく跳ね上がった。

「え……あの人……」

自分の見間違いだろうか。だが、『彼』の姿は、ただの一瞬でサディアの目に焼きついた。それほどに、衝撃的な姿だった。

垂れ布を握る手が、小刻みに震えた。

その少年は、細い繊細な造りの金の冠《かんむり》を被っていた。それだけで、彼が王族であることがわかる。誇らしげに堂々と伸ばされた背筋、かすかに笑みをたたえている顔には気品がある。

おそらく、瞳の色に合わせてだろう。身に着けている長衣は、冴《さ》えた蒼。それを留める帯は金。長衣の裾から覗いた足は長靴《ちょうか》ではなくサンダルで、一瞬の出会いであったのに、桃色の爪まで見えたような気がした。

そしてなにより、その顔——。

垂れ布を深く閉ざし、サディアは馬車の中で困惑していた。

——あれは、僕……？

鏡で見たことのある自分と、その少年は瓜二つの容貌であった。ただし、サディアのほうがはるかに痩せていたが。

だが、自分の肉づきがもっとよくなれば、ほとんど見分けがつかないほどになるだろうとわかる。

ナ・クラティスの高貴な少年と、自分の顔が同じ？

どうして、そんなことがあるのだろうか。それに、レゼジードはそのことを知っていたのだろうか。

いや、知っていたに決まっている。少年の前で、レゼジードは嬉しそうに挨拶していたではないか。

そっくりだと知りながら、レゼジードは自分をナ・クラティスに同行させたのだ。しかし、どうして。

心臓が激しく音を立てていた。サディアは鼓動《こどう》を抑えるように、握った拳を胸に当てた。

ナ・クラティスのおそらく王族であろう少年とそっくりな自分を、あえて同行させたレゼジード——。

自分は異母弟の代わりではなかったのか。亡くなった異母弟の代わりに、レゼジードはサディアの世話をしてくれたのではなかったのか。

「ああ、でも……」

サディアは動揺しながら、髪をかき上げた。少年と同じ、漆黒の髪だ。

レゼジードはサディアをけして表に出そうとしなかった。接収した屋敷に残っていたジュムナ貴族の息子を助けたことを知られたくないからと、姫と偽り、愛人ということにして、ジュムナの習慣を利用し、人目から隠してきた。今日までサディアはレゼジードの他には世話をしてくれる従者と、容体《だい》を診てくれる神官以外には姿を見せずにいた。

だが、もし隠した理由が別にあったとしたら――。

最初の痩せやつれていた時には、それほどあの少年に似ていなかっただろうが、病軀の癒えてきた頃にははっきり、相似の兆候《ちょうこう》が表れていたはずだ。

だから、レゼジードはサディアの存在を外部に隠したのか？

サディアの顔色は真っ青だった。恐ろしさに、呼吸が苦しかった。今までのなにもかもが、急にあやふやなものに思えてくる。

レゼジードはどうして、サディアを助けた。サディアがナ・クラティスの王族に似ていたから？ それとも、本当に善意で助けてくれたのだが、あとになってサディアが王族によく似てきて、慌てて隠したのか。

わからない。わからない……。

けれど、どうして自分は、あんなにもあの王族の少年と瓜二つなのだ。

小刻みな震えは治まらない。ここまで、サディアはレゼジードのやさしさを疑うことなく、ついてきた。実際、サディアはレゼジードによって身体ばかりでなく、その孤独な心まで救ってもらった。

だが、その信じる心に、いまやわずかな疑念が生じていた。

それほど、自分とそっくりな少年の姿に、サディアは動揺していた。

レゼジードに訊いたら、彼は答えてくれるだろうか。思いもかけなかった偶然なのだと、サディアを安心させてくれるだろうか。

震える身体を、サディアは抱きしめた。自分の中に生まれかけている疑いが嘘《うそ》であることを、ただ祈った。


帰還の埃《ほこり》を洗い流すと、すぐに戦勝の夜会の刻限となる。

王都のリセル伯爵邸で慌ただしく湯浴みを済ませたレゼジードは、王宮に向かった。

うんざりするような宴《うたげ》だ。代々の軍人の家系で、宮廷にいるよりも兵士たちといるほうが長かったレゼジードには、様々な駆け引きが飛び交う王宮の夜会は、どうにも性《しょう》に合わない。

偽りの微笑みに、追従《ついしょう》。そこに集う者たちは、心とは違う言葉を口にする。

しかし、今夜の宴は、凱旋将軍として出向く義務があった。

うんざりする心を慇懃《いんぎん》な笑みで隠して、レゼジードは広間に入る。広間の中央では踊り子が舞い、招かれた貴族たちはそちこちのクッションに座り込んで飲み、食べ、そして、噂話《うわさばなし》に忙《せわ》しなく口を動かしていた。

時折、場所を移るために立ち上がる人々がいるくらいで、基本的には皆、着座している。

レゼジードは軍装の黒の正装だ。いつもの短衣ではなく、金の刺繍が施された長衣が、彼の長身を引き立てていた。

華やかな金は、将軍の色だ。

三十歳手前でこれを身に着けている軍人は、レゼジードをおいて他になかった。

それだけの能力がある、とレゼジード自身も自負している。たとえ、リセル伯爵家が代々軍人の家系で、軍関係に隠然たる勢力を持っているとしても。

広間に入ってきたレゼジードに、人々が一斉に目を向ける。それらの、どうしても挨拶しなければいけない人々にだけ軽く会釈し、レゼジードは自分を手招く一座のもとに一直線で向かった。

「相変わらず慇懃な男だねぇ、伯爵」

薄い鼠色《ねずみいろ》の長衣を着た男が、レゼジードを見上げている。ずり落ちそうになった眼鏡《めがね》を押し上げ、ニコニコと笑っていた。

それに軽く肩を竦めて、レゼジードはもう一人同席している少年にひざまずいて礼をし、それから、クッションに座った。

「無事に戻ってきてくれて嬉しいよ、リセル伯爵」

少年が、レゼジードに頷きかける。灯《あか》りの反射で、いつもより金色の部分がきらめいて見える少年の瞳を、レゼジードは眩しげに見つめた。

肩口で切り揃えた黒髪、二人といないと思っていた金色に縁取られた蒼い瞳。

彼こそがレゼジードが忠誠を捧げる、ロマグス大公エギール・シヨン・レイ・ナ・クラティスだった。レゼジードがジュムナで見つけた瓜二つの少年より一歳年長の、国王デル・ルーセルの王子だ。

レゼジードの隣で、眼鏡の男が小さく肩を竦めている。こちらは王子の教育係を任じられている神官ナン・タンベールだ。『ナン』の称号が示すとおり、神々の力を与えられた高位の神官だった。

ただし、見た目からはそうは見えない。人によっては、田舎神官と間違える者も多かった。

レゼジードはナン・タンベールには目顔《まがお》で挨拶し、エギールに恭しく応える。

「ありがとうございます、殿下。しかし、まったく働き甲斐のない戦いでしたよ。あれなら、なにもわたしでなくとも……」

そこまでで言葉を切って、肩を竦める。実際、中から傾きかけていたジュムナ王国の征服など、なにもレゼジードでなくとも別の将軍でよかったくらいだ。

もっとも、行ったおかげで思わぬ収穫があったが。

少年――エギールがゆったりと微笑み、レゼジードを諫《いさ》める。

「父上はおまえを気に入られているのだ。だから、我が国最初の征服将軍の名をおまえに与えられたのだよ。しかし、無事に戻ってきてくれて、わたしも嬉しい」

微笑みかけられ、レゼジードも苦笑を返す。王の心はともかく、レゼジードを征服将軍にするに当たっては、別の思惑《おもわく》も働いたことを知っている身としては、なんとも言えない心持ちだった。

とはいえ、なにも起こらぬうちにクラティアに帰還できたのだから、よしとするべきか。

そんなふうに独《ひと》りごちたレゼジードをからかうように、ナン・タンベールが口を挟《はさ》んでくる。

「そういえば、この遠征で思わぬ宝物を得られたとか。今日は連れておいでにならなかったのですか？」

問いかけに、レゼジードは思わず眉をひそめた。

そんなレゼジードに、エギールも興味津々《しんしん》な様子で訊いてくる。

「宝物？　それはなんだい、伯爵」

レゼジードは心中で舌打ちをした。

——こんなところで、その話を持ち出さなくても……。

身代わりについて、この場で話すのは危険すぎる。

それにしても、相変わらず早耳なことだった。

もっとも、サディアの治療に神官を使ったから、そこからナン・タンベールに知れてもおかしくはない。

レゼジードは慎重に口を開いた。

「あれは、ジュムナの貴族の姫君です。深窓の姫君ですから、ここに連れてくるのは無理でしょう」

話を早く終わらせたくてそう返すと、エギールの顔が悪戯っぽく明るくなる。

「なんだ。ジュムナ貴族の姫を連れてきたのか。そうだな、あちらはたしか、女性は屋敷の奥深くに隠しておくのが作法だ。こんな人の多い場所に連れてくるわけにはいかないだろう。——で、いつ妻にするのだ？」

「妻？」

思わぬことを言われ、まずいことになった、とレゼジードは臍《ほぞ》を噛む。サディアのことはここでする話ではないと避けるつもりで口にしたのが、とんでもない方向に転がってしまいそうだ。

サディアをなぜ連れてきたか、どうせもう知っているくせに、わざわざ話題に出してきたナン・タンベールを、レゼジードは忌々しい思いで睨んだ。大方、レゼジードをからかうのが目的だろうが、遊びすぎだ。

しかし、ナン・タンベールはしれっとした様子で、口を開く。

「ジュムナの高貴な姫君を、いつまでも情人のままにしておくわけにはいかないよねぇ。それでは、あまりに姫君がお可哀想だ」

ナン・タンベールがそう言えば、エギールも同調する。

「両国の融和にとって、ジュムナ貴族の姫君をリセル伯爵家の第一夫人に迎えるのはよいことだ。互いに血を混ぜ合わせることによって、我が国とジュムナの絆はいっそう深まっていくことだろう。よい選択だ、伯爵」

「まったく、こんな朴念仁《ぼくねんじん》にしては、上手《うま》い手です。きっと陛下も喜んで、結婚の許しをお出し下さると思いますよ」

と、ナン・タンベールと二人で言ってくる。

冗談ではない。

レゼジードは慌てた。そんなつもりでサディアを連れてきたわけではない。

理由を思い浮かべて、レゼジードの胸がチクリと痛んだ。

　サディアはまだ、自分がなぜ死を免れたのか、真実を知らない。一心にレゼジードを慕《した》うサディアの眼差しに気が咎《とが》めて、つい言えないままきているのだ。

　であるのに、ナン・タンベールの戯言《ざれごと》でサディアを妻にと決められてしまっては、彼に対していよいよ申し訳ない。この話はここまでにしてもらわなくては。

　レゼジードはなんとか反対の言葉を絞り出した。

「ジュムナ貴族の姫君にナ・クラティス流の第一夫人は務められますまい。ご無理を申されますな」

　ジュムナとは逆に、ナ・クラティスでは女性の活躍の場は多かった。女性の当主も珍しくはなかったし、第一夫人ともなれば多岐《たき》に亘る社交が求められる。

　サディアが真実、ジュムナ貴族の姫君なら、人前に出ろと言うだけで卒倒《そっとう》するはずだ。

　それを言い訳に、なんとか反論する。

　なるほどというように、エギールが頷いた。しかし、納得はしてくれない。

「そうだな。たしかに、ジュムナ貴族の姫君に第一夫人は荷が重いかもしれないな。しかし、情人のままでは駄目だ。第一夫人ではなくとも、せめて正式な妻の一人にしてやったらどうだ」

「そのとおりですね、殿下。情人と妻とでは、立場がまったく違います」

　ナン・タンベールも同調してくる。こちらは、レゼジードを困らせるために言っているのが明らかだった。

　ついには話を聞きつけた別の貴族まで妻にするべきだと言い出し、レゼジードはとうとう承知させられる。まいったことではあったが、こうまで言われては、これ以上無理な抵抗はできない。

――サディア、すまない。

内心謝りながら、レゼジードは降参の言葉を口にするしかなかった。

「わかりました。いずれ、陛下に願い出てみます」

じろりとナン・タンベールを睨みながら、承諾《しょうだく》する。からかうにしても、時と場合があるだろう。しかし、ナン・タンベールはいっこうにかまうことなく、訳知り顔に頷いている。まったく忌々しい男だった。

こちらの勝手で連れてきた以上、サディアにはできるだけ不自由な思いはさせたくなかった。

それなのに、サディアの意思を訊かないままにこんなことを決めざるを得なかったことに、レゼジードは苦い思いを嚙みしめる。

――いや、すでに勝手に身代わりなどと考えている以上、こんな感情は偽善《ぎぜん》か……。

クラティアに来た以上、サディアにはいよいよ真実を告げるべきであるのに、それを思うとレゼジードの心中は憂鬱《ゆううつ》にならざるを得ない。

あんな事情で育った少年であるのに、サディアは真っ直ぐな子であった。誰を恨むでなく、僻《ひが》むでなく、運命を静かに受け止め、生きている。

父親からも拒まれた少年が、自分にどんな目を向けているのか、レゼジードには痛いほどにわかっていた。自分の偽りのやさしさに、彼がどれほど感じ入っているか。

まるで、幼子《おさなご》が親に対して向けるような一途《いちず》な信頼に、レゼジードはできれば応えたいと思っている。もう充分傷ついている彼の心に、これ以上の痛みを与えたくないとも思っている。

それなのに、とレゼジードはため息を押し殺した。

その目に、華やかな集団が近づいてくるのが映《うつ》る。レゼジードはハッとして、表情を改めた。

「――此度《こたび》の戦い、見事であったな」

声をかけられ、ひざまずく姿に体勢を変える。ナン・タンベールは神官風に両手を胸の前で合わせて、膝立ちして出迎える。座っているのは、エギールだけだった。

「お久しぶりです、兄上」

和やかに、エギールが挨拶する。

近づいてきた男は、エギールの兄・リオゾン大公ランジス・フェルメイ・レイ・ナ・クラティスだった。

年齢は八歳離れていたが、エギールと同じく第一王妃を母としている王子だ。それだけに、我こそが父王の後継者だと自負しているようだった。

それを示すように、シンプルな刺繍を施しただけのエギールの衣装と比べ、原色の鮮やかな長衣に金糸《きんし》・銀糸《ぎんし》で布いっぱいに刺繍を施し、大振りの宝石を幾つも身につけている。

そのせいで、せっかくの貴族的で端正《たんせい》な容貌が損なわれ、尊大さと傲慢《ごうまん》さが強調されていた。

レゼジードは恭しくひざまずきながら、心中の侮蔑《ぶべつ》を押し隠した。享楽的《きょうらくてき》で豪奢《ごうしゃ》な生活を愛するこの王子では、さらに飛躍しようとしているナ・クラティスの王は務まらない。一君候国から王国になったように、いずれは帝国となることを目指すナ・クラティスに贅沢に流れるだけの王は不要だ。必要なのは、ナ・クラティスを大国へと導く強い王だ。その資質が、エギールにはあると、レゼジードは信じていた。それは、さっきのレゼジードの情人の話からも窺える。

エギールの言うとおり、旧ジュムナ貴族との婚姻《こんいん》は、ナ・クラティスにとって悪い話ではない。結婚は宥和《ゆうわ》政策の第一歩とも言えた。

サディアの父親には厳しいことを言ったが、民衆というのは移り気なところがある。今は、旧ジュムナの王族や貴族に怒りを感じていても、少し時が経てば、自分たちが被征服民だと自覚するようになってくる。

そうなれば、ジュムナ貴族の令嬢、あるいは子息が、ナ・クラティス貴族の令夫人となることに、怒りよりもむしろ、歓喜を感じるだろうことは簡単に想像できた。

だからこそ、単純であるが『結婚』というのは、宥和政策のひとつとして効果があるのだ。

だが、そのことがエギールにはわかっても、ランジスにはわからないだろう。今も、鼻を鳴らして、エギールを非難しようとしている。

「それにしても、凱旋将軍に対して敗戦国の女を夫人にしろとは、呆れた言い草だな。我が国に勝利をもたらした将軍には、もっと血筋の正しいナ・クラティスの高貴な女性が似合う。そうは思わぬか？　ジュムナ人など、妾で充分だ」

そう言って、哄笑《こうしょう》を上げる。

「兄上、それはあまりにむごいお言葉。父上もお喜びになられぬのではありませんか？」

エギールが穏やかに反論する。その言葉に、幾人かの貴族も同調するように頷いていた。

ランジスがちっと舌打ちする。

だが、珍しいことに、口に出してエギールを叱責しようとはしなかった。

「まあ、すべては父上のお心しだいだな」

そう言って、肩を竦める。

「リセル伯爵、たまにはわたしの宮《みや》にも遊びに来るがいい」

最後にそう誘って、ランジスは一座から離れた。

おかしなこともあるものだ。

レゼジードはかすかに眉をひそめた。ランジスが反論する弟にわめかなかったのも稀《まれ》なら、レゼジードを自分の宮に誘うのも珍しい。

ランジスが去って、改めて席に座り直したナン・タンベールに視線を送る。

ナン・タンベールもかすかに頷き、ランジスの態度の不審さに同意を示していた。

夜会が終了し、レゼジードはエギールを見送ってから席を立った。久々の語り合いに心が弾《はず》んでもよかったのだが、心配のほうが強い。ともに席を立ったナン・タンベールを、レゼジードは声をかけて誘った。

「今宵《こよい》は、神殿に戻るのか？」

「ええ、葬祭殿《そうさいでん》の寮に帰りますよ」

ナン・タンベールが答える。

「では、お送りしよう。ちょうど屋敷に帰る通り道だ」

誘うと、ナン・タンベールがクスクスと笑う。レゼジードがそんな誘いをすることはめったになかったからだ。

「あなたはいつも真っ直ぐですね」

「おまえがねじ曲がりすぎているのだ」

憮然として、レゼジードは答える。手の込んだ策謀《さくぼう》は、レゼジードの得意とするところではない。だから、宮廷も好かぬのだ。

馬車に乗り込み、レゼジードは単刀直入に問いただす。

「わたしがいない間、なにか動きがあったか」

エギールのことは、策謀でナン・タンベールが、武力でレゼジードが守っている。その守りの一翼《いちよく》が、ジュムナ遠征のせいで失われていた。その間に、エギールを敵視するランジスがなにかしないとも限らなかった。

母を同じくする兄弟なのに、いつからこういうことになってしまったのだろう。いつの頃からかランジスはエギールを敵視するようになり、王位を狙《ねら》う敵として露骨《ろこつ》に争いを仕掛けてきた。

——お可哀想なことだ。

レゼジードはエギールの心を思った。せめて母が違う兄弟ならばともかく、同じ母から生まれた兄弟同士で争うなど、むごいことだった。

だが、ナ・クラティスの未来のためにも、エギールにはそのむごい争いを戦い抜いてもらわなくてはならない。戦って勝利し、王位に即いてもらわなくてはならなかった。

そんなレゼジードの心中を知ってか知らずか、ナン・タンベールが淡々と口を開く。

「あなたにあんな露骨な誘いをかけるとはおかしなことでしたね。王がなぜ、あなたを遠征の将軍に選んだのかも不審でしたし……」

しかし、すでに調べを始めているだろうに、ナン・タンベールは具体的なことを話さない。

それよりも、とずり落ちた眼鏡を押し上げて、レゼジードを見上げてくる。年齢はレゼジードとあまり変わらないはずなのに、とぼけた表情のせいかずいぶん年下に見えた。

そばかすの散った顔で、ナン・タンベールはふっと微笑んだ。

「とはいえ、よい収穫があったものです」

笑みを含んだ言い方に、レゼジードはムッとする。時々、ナン・タンベールの話についていけない時がある。今がその時だった。

「なんのことを言っている。わたしは、エギール殿下のことを訊いたはずだが？」

それに対してナン・タンベールは、クスクスと笑う。

「察しの悪い振りはやめて下さい。わたしも、殿下の話をしているのですよ。まことに、よい収穫です。なにしろ——サディアと言いましたか。彼は、エギール殿下と瓜二つだ。これからなにが起ころうと、万が一の時は彼を使える。そうでしょう？」

さらさらと口にされ、レゼジードは束の間《つかま》返す言葉に詰まった。

ナン・タンベールの言うとおり、サディアはそのために連れてきた少年だ。だが、ランジスの策謀の話からいきなりサディアへと話が飛び、レゼジードはつい思いを表情に出してしまう。

おやおや、とナン・タンベールが眉を上げた。

「ご自分から彼を連れてきておいて、今さら同情しているのですか？　困った方だ。どうせ、殿下のお身代わりにするのでしょうに」

「——いやな男だな、貴様は」

だから、この男は嫌いなのだ。胸に痛い正論を、容赦《ようしゃ》なくぶつけてくる。

ナン・タンベールが肩を竦めた。

「わたしたちの間柄《あいだがら》で、綺麗事を口にしてもしかたがないでしょう。何事もなければあなたの妻でいられるよう、身分を保障してあげたのです。それで充分なのではありませんか？　あなたはせいぜい、あの者を大事にして下さればいい。殿下のための大切な身代わりです」

あの妻だの妾だのの遣り取りにそんな意味があったことに、レゼジードは驚く。

ナン・タンベールにしてみれば親切であったのかもしれないが、自分が見くびられたようでレゼジードは腹が立つ。

「妻にせずとも、最後まで面倒を見る。そこまで勝手な人間だと思ったか」

「ああ、あなたはそうするでしょうね。ですが、あなたは軍人です。もしもの事態が起こらないとは限らない。その時、あの者にも身分の保障が必要でしょう」

あっさりとそこまで言われて、レゼジードは忌々しい思いで口を閉ざす。ナン・タンベールの考えの深さに追いつかない己に、苛立《いらだ》ちが募る。自分が死んだら……。さすがにそこまでのことは考えていなかった。

だが、それをこの男に指摘されるのは業腹《ごうはら》だ。本当に、この男との会話には腹が立つ。

黙り込んだレゼジードに、ナン・タンベールが屈託《くったく》なく微笑んだ。

「あなたのおかげで、打つ手が増えました。礼を言います」

軽く頭を下げられる。

しかしもう、馬鹿にされているとしか思えなかった。これがあるから、宮廷に上がるのは嫌いなのだ。

とはいえ、送ると言った以上、ナン・タンベールを置いて帰るわけにはいかない。

むっつりとした顔をしたまま、レゼジードは馬車の外の景色へと目を背ける。

だが、ナン・タンベールはまったくこたえた様子もなく、会話を続ける。

馬車に揺られながら、レゼジードはたっぷりといやな話を聞かされ続けた。


深夜になって帰宅したレゼジードを、サディアはじっと待っていた。

あのあと、屋敷に着いたサディアはジュムナの深窓の夫人のように目深《まぶか》にヴェールを被り、姿を隠して邸内に案内された。

そのままレゼジードの寝室と続き部屋になった場所に通され、そこがサディアの部屋だと教えられる。どうやらレゼジードの居室として使われていた場所らしかったが、特別な愛人という理由でそこに部屋を用意させたようだった。

もちろん、愛人というのはサディアの素姓《すじょう》を隠すための処置だ。その理由を、サディアはずっと、定めを破ったジュムナ貴族の子弟である自分を殺さなかった事実を隠匿《いんとく》するためのものだと思ってきた。異母弟への追憶《ついおく》のために自分を生かしたのだと。

重いため息をつき、サディアは窓辺にもたれて俯いた。旅装は早々に改められ、温かな湯にも浸《つ》かり、神官からの診察も受け、寛いだ姿だ。

顔色の悪さを神官には心配されたが、サディアはそれを旅の疲れだと誤魔化《ごまか》した。

それはまったくの嘘ではなかったが、主因ではない。

サディアの顔色を暗くさせているのは、それとは別のことであった。

――レゼジード様はどうして僕を……。

深く考えるのが恐ろしく、それ以上にはどうしても思考が進まない。

レゼジードがサディアを生かしたのは、単に異母弟への追憶のためではない。レゼジードがサディアを殺さなかったのは、それは――。

「あの方は……どなたなのだろう……」

サディアは窓辺に頭をもたれさせ、呟いた。自分と瓜二つの、けれど、はるかに煌めいた輝きを持つ少年を思う。

装束《しょうぞく》から、彼が王族であることはわかっていた。王族で、凱旋将軍を出迎えるだけの立場にいる人で、レゼジードがとても親しくしているらしき人で、そして？

それ以上考えるのが恐ろしくて、サディアは小さく震えた。

と、人の気配を感じた。廊下を、誰かがやって来る足音がかすかに聞こえる。

レゼジードだろうか。宴が終わり、帰ってきたのだろうか。

サディアの顔が弾《はじ》かれたように上がった。

そのまま凍りついていると、しばらくして静かに扉を叩く音がした。

「……はい」

応《いら》えに、扉が開かれた。

「待たせたようで、すまなかったな、サディア。しかし、こんなに遅くまで起きていて、大丈夫か？　疲れているだろうに、どうしたのだ」

心配そうに話しかけながら、レゼジードが入ってくる。その男らしい顔には、サディアを気遣う色だけが浮かんでいた。

だが、本当に、純粋に自分を案じてくれているだけなのだろうか。

サディアはそんな雑念を振り払えない。ぎこちなく立ち上がり、レゼジードを出迎えた。

「申し訳ありません。お疲れでしょうに、お呼び立てして……」

レゼジードの顔がまともに見られなかった。

そんなサディアに、レゼジードは首を傾げたようだった。

「どうした？　なにか困ったことでも生じたのか」

足早に近寄り、そっとサディアの肩に手を置いて、顔を覗き込んでくる。

いつもの、やさしいレゼジードだった。

だが、本当に？

サディアは恐る恐る、今まで深く信頼していた人を見上げた。恐怖に視線が揺れる。けれど、口が考えを整理するより先に開いてしまった。

「……あの方は……僕とよく似たあの方は……いったいどなたなのですか」

「サ……ディア……」

虚を突かれたように、レゼジードが息を呑《の》んだ。驚きに目を見開き、サディアを凝視する。

サディアは自分が、ひどくいけないことを訊いてしまったのだと慌て、俯いた。

「も、申し訳ありません……！　外は極力覗かないように言われていましたのに、ナ・クラティスの王都が珍しく、つい馬車の覆いから覗き見てしまって……申し訳ありません！」

ひざまずき、レゼジードに詫《わ》びる。ずっとレゼジードがやさしかったからといって、自分はなにを思い上がっていたのだろう。この命があるのはあくまでもレゼジードの慈悲によるもので、けして同等の立場に立てているわけではない。

それが、命《めい》を破った上に、そこで見たものについて忖度《そんたく》するなど、僭越《せんえつ》な振る舞いだ。自分はレゼジードの言葉を信じ、その命のままに振る舞うべきであった。

サディアは後悔し、小さくなってレゼジードに陳謝《ちんしゃ》した。

だが、レゼジードは深いため息をつくと、ひざまずくサディアの前に膝をついてくる。

その口から出たのは、謝罪だった。

「……すまなかった。おまえに存念を告げなかった、わたしの誤りだ。あの方を見て、驚いただろう、サディア」

サディアは無言で震えて、床に手をついている。なんと答えるべきか、わからなかった。

項垂《うなだ》れた頭に、レゼジードがそっと触れてきた。訊いてはいけないサディアの問いに、困惑しているだろうに、この人はやはり誠実だった。躊躇うような口ぶりで、教えてくれる。

「あの方は……エギール殿下という。王と第一王妃との間にお生まれになった第二王子であられる」

「エギール……殿下……」

力なく、サディアは呟いた。まさか、あの少年がそれほどまでに高貴な存在であったとは。

だが、その人と自分が似ているという事実は、どういうことなのか。

そう疑念が湧きかけたのを、サディアはハッとなって押し潰した。余計なことをレゼジードに訊いてはいけない。レゼジードが教えてくれることだけ、肝《きも》に銘《めい》じていればいい。自分はすでに、僭越な振る舞いをしているのだから。

だが、呟いた声に疑問が混ざっていたのだろう。もしくは、最初から教えるつもりだったのか。

レゼジードが再び口を開いた。

「わたしがおまえを救ったのは、異母弟のためではない。おまえが、エギール殿下にそっくりであったからだ。すまない、サディア。何事もなければ、おまえがそれを知る必要はないと思っていた」

「何事も……なければ？」

それはどういうことなのか。サディアはつい、顔を上げた。

レゼジードは苦しげに眉根を寄せ、サディアを見返してくる。目を逸らすことを自分に許さない、そんな眼差しだった。まるで、サディアに誠実を尽くしてくれているような、そんな態度であった。

「今、エギール殿下は危《あや》うい立場におられる。世継ぎが誰であるか定まっておらず、兄であられるランジス殿下と王位を争っておられるからだ」

「兄上と王位を……」

そうして、サディアはおずおずと問いかけた。大切なことを、レゼジードが言ってくれていると思ったからだ。

そして、その『大切なこと』が答えなのだ、とわかった。自分はそのために、生かされたのだ。

「……レゼジード様は、エギール殿下をお世継ぎになさりたいのですね」

「そうだ」

「けれど、お世継ぎが定まるまで、様々な争いがある」

「そうだ」

「もし、エギール殿下に危険が迫るとしたら……もし、そんなことがあるとしたら、その時、僕は……」

さすがにそれ以上は、声が震えた。レゼジードがなにを思って、本来処分するべき自分を生かしてくれたのか。どうして、足手纏いにしかならない自分に、こんなにまでも親切であったのか。

——僕が……エギール殿下に瓜二つだったから……。

胸がズキズキと痛んだ。だが、叫び出したいような感情の爆発がある一方、ああそうなのかと腑《ふ》に落ちたような心持ちもなぜかあった。

——だって……僕にいったいどんな値打ちがあるというんだ……。

あの時垣間見たエギールのように、容姿の善し悪しを越えた輝きを放つ少年ならばともかく、レゼジードに見つかった時のサディアには美点などなにひとつなかった。痩せて、やつれて、鶏《とり》がらのような姿であったサディアのどこに、救いたいと人に思わせる点があったというのか。

といって、特別賢い部分があり、そこがレゼジードの気を引いたというわけでもない。

美しいわけでもなく、賢いわけでもない自分を、なぜレゼジードが定めを破ってでも救おうと思ったのか。

この二ヶ月あまりをともに過ごして、レゼジードがけして甘いだけの人物ではないことがサディアにもわかっていた。己の務めを、情に流されて疎《おろそ》かにするような人ではない。

サディアのことだけが例外であった。

それを思えば、真相がこうであったことに、半《なか》ば納得する思いがあった。

サディアの口元に、空疎な笑みが浮かび上がる。いや、レゼジードに救われる以前には習い性となっていた、我が身に起こるなにもかもをただ受け入れる微笑だった。

なにもできない自分には、運命を受け入れることしかできない。その運命が、自分をナ・クラティスへと導いたのなら、それを受け止めるだけだ。十八年の人生で、慣れたことではないか。

「サディア、すまない。もっと早くに言うべきだった。もう少し……あともう少しと躊躇うちに、こんな形でおまえに知らせることになって……申し訳ない」

レゼジードが沈鬱《ちんうつ》に謝罪してくる。

たぶん、とサディアは思った。何事もなければ、自分がエギールの身代わりとなることはないのだから、言わずともやり過ごせる、とレゼジードは考えたのかもしれない。

やさしい人だから、身代わりになり得るから助けた、と言えなかったのかもしれない。

頭を下げてきたレゼジードを、サディアはじっと見つめた。謝ることはないのに、と思う。

エギールに似ていなかったら、おそらくあの時自分は殺されていただろう。居残っていたジュムナ貴族は処刑する、と定められていたのだから、その定めに従って、きっとレゼジードは自分を処刑しただろう。

けれど、サディアは似ていたから、助けてもらえた。身代わりのために助けたのなら、救うだけであとは素《そ》っ気《け》なく放っておかれても仕方がないのに、やさしく保護してくれた。

父から傷つけられた時にも、庇《かば》ってくれた。サディアの心を気遣ってもらえた。

おかげで、少しの間だけれど、自分は幸せな心地でいられたではないか。

——ああ……そうだ。

夢見るように、真実を知る前の自分を、サディアは思い浮かべた。

レゼジードに見逃してもらえて、異母弟の身代わりに世話させてくれと言われて、自分は幸せだった。

父との訣別の際にも、力になってくれた。母を亡くして以来、初めて触れた人の温かさだった。

たとえそれが別の目的のためであったとしても、自分は幸せであった。母を亡くしたあと、もう二度と味わえないと思った幸福を、自分は味わえた。

今も、真実が知れたことをレゼジードは、こんなにも謝ってくれている。サディアごとき塵芥《ちりあくた》にも等しい者のことなど、気にしなくて当たり前なのに。

贅沢は、誰も幸福にはしない。自分はこの人から、幸せな時を与えてもらった。それで満足しよう。今度は、その恩を自分が返すべき時だ。

今まで触れたことのないレゼジードの髪に、サディアは触れた。頭《こうべ》を垂れていたレゼジードの髪を、包み込むように触れる。

「謝らないで下さい、レゼジード様。あなたに、僕は救っていただきました。もしもの時には、きっとエギール殿下のお身代わりを務めさせていただきます」

言葉は心からのものだったのに、胸の奥がズキンと痛んだ。その痛みを押し殺し、サディアはレゼジードに微笑んだ。

「すまない……」

また、レゼジードは謝ってくれた。それから、何度も謝ってくれた。

苦渋《くじゅう》の滲むその謝罪に、サディアは泣きたいような笑みで応えた。

§第四章

王都クラティアに戻って以降、レゼジードは日中は軍務に従っていたが、夜はエギールの住む宮に伺候《しこう》することが多くなった。

朝食しか一緒に摂《と》れないことはジュムナにいる時と同じだったが、夜、サディアの心はどうしてか騒いだ。

自分はエギールに妬《や》いているのだろうか。

ふと、自問自答する。

相手が自分と同じ姿をしていると知っているだけに、些細《ささい》な差異がどうしても目についてしまう。

一番心に引っかかるのは、レゼジードの態度だ。自分にはあくまでも庇護者で、朝の会話も健康のこととか、読んだ本のこととか、あるいは軍務中に起こった面白い出来事の話とか、そういう軽い内容ばかりのレゼジードが、エギールにはおそらく違う会話をするだろうことだろうか。

レゼジードはいつも、夜にエギールの宮を訪ねた帰りには、深刻そうな顔で帰ってきて、なにか考え込んでいる。

それを、部屋の窓から覗き見て、心配すると同時に、少々の妬ける気持ちをサディアは持て余していた。

たぶん、エギールとは政治向きのもっと難しい話を、レゼジードはしているのだろう。自分では相手にならない深刻な、命に関わるような遣り取りもあるだろう。

レゼジードはおそらく、エギールの助けになっているだろうし、エギールもレゼジードに守られてばかりいる少年ではないに違いない。そういう人物でなければ、レゼジードは己《おの》が主に仰《あお》ごうとはしないと思う。

それが少し、サディアには妬けるのかもしれない。

「本当に……油断すると、僕はすぐに思い上がる……」

「――なにを思い上がっているのかな」

ため息をついて呟いたサディアは、聞こえてきた声に飛び上がった。

「レゼジード様……！」

珍しく、レゼジードが早く帰ってきたのだ。

レゼジードは苦笑して、サディアへと歩み寄ってくる。目の前まで来ると、それこそ子供か弟にするように、サディアの前髪をかき上げてきた。

「わたしから見たら、おまえは遠慮ばかりで、少しも思い上がってなどいないがな」

「いえ……それは、その……」

間近で顔を覗き込まれ、サディアはつい頬を赤くした。最初に、姿を気に入ったからだなどと冗談を言われて以来、どうも顔が赤くなりやすくて困る。

それを誤魔化したくて、サディアは話を変える。

「今夜は、エギール殿下のもとに行かれないのですか？」

「ん、ああ。殿下は、今宵は王に招かれ、不在であられる。ランジス殿下もご一緒という話だから、また嫌味《いやみ》を言われぬといいのだがな」

とはいえ、さほど心配ではないのか、口調は明るい。

僭越かもしれないと畏《おそ》れつつ、サディアはそっと訊ねた。

「ランジス殿下はそれほどに、エギール殿下を敵視なさっておられるのですか？」

「王のご鍾愛も、エギール殿下のほうにあられるしな。ランジス殿下も焦っておられるのだろう。それより、サディア。今日の体調はどうだ？」

それ以上、エギールの話をしたくないのか、レゼジードがサディアの様子を訊いてくる。

そうなると、本当は宮廷の情勢を知りたい気持ちがあったが、サディアは抑え、穏やかに今日の具合をレゼジードに報告する。

「こちらでも、神官様から治療を受けさせていただいておりますから、日毎《ひごと》に良くなっていくのを感じております。すべて、レゼジード様のおかげです。ありがとうございます」

「礼などいらぬ。こちらにも、下心あってしたことだ。せっかく体調も良くなってきたというのに、クラティアの案内もできず、おまえには悪いことをしている。すまない」

「そんな……！」

却《かえ》って謝られ、サディアは首を横に振る。

自分の務めは、いざという時のエギールの身代わりだ。その日が来るまで、自分という存在を他者に気づかれるのがどれほどまずいか、狭い世界しか知らないサディアでも想像がつく。けして悪いことをされているなどと思わなかった。

それで懸命に、レゼジードに大丈夫だと伝える。

「僕は……平気です。もともとジュムナにいる時も、あまり外には出ませんでしたし、大人しく過ごす術《すべ》は心得ております。それに、レゼジード様のおかげで体調もずっと良くなって、本をたくさん読んでも疲れなくなりましたし、ちっとも不都合なんてありません。本当です」

「サディア、おまえは……」

レゼジードが痛ましそうに口ごもる。だが、サディアの懸命な気持ちが伝わったのか、ひとつため息をつくと、表情を笑みに変えてきた。ポン、とサディアの頭に軽く手を載せて、悪戯っぽく目を覗き込む。

「あまりわたしを甘やかしてはいけない、サディア。——ああ、そうだ。ひとつおまえに相談があるのだが、いいか」

「相談、ですか？　なんでしょう」

少し、サディアの心が浮き立つ。レゼジードに相談されるなど、初めてのことだ。自分などでレゼジードの役に立てるとしたら、嬉しい。

サディアの肩に軽く腕を回し、レゼジードがクッションを置いた場所に誘《いざな》っていく。向かい合うように腰を下ろして、サディアはレゼジードが話し出すのを待った。

レゼジードはわずかに言い淀《よど》み、どこか気恥ずかしそうに口を開く。

「その……おまえがいやならば無理強いはしない。それに、実際にそうしたからといって、本当の関係を強要しようとは思っていない。だから、あくまでも方策のひとつとして聞いてほしい」

「はい。なんでしょうか」

いったいなにを言おうとしているのか見当もつかず、サディアは小首を傾げる。

レゼジードはひとつ、咳払いした。それから、驚くべきことを言い出した。

「実は、おまえをわたしの正式な妻の一人にするのはどうだろうと考えているのだ。もちろんさっきも言ったとおり、本当に妻にしたいと言っているわけではない。あくまでも、そうしたほうがおまえの立場的にいいのではないかと、ナン・タンベールからも言われてな。それで、おまえにも訊いてみようと思ったのだ」

「ナン・タンベール様が？」

サディアは目を瞬《しばた》いた。ナン・タンベールのことは、名前だけは聞いている。レゼジードとともに、エギールを擁立《ようりつ》する立場にいる神官だ。

その神官が、サディアをレゼジードの妻にと勧めるなんて、どういうことなのか。

——妻、だなんて……。

首筋からポオッと、サディアの肌が赤らんだ。本当の妻ではないとレゼジードは言っていたのに、身体の熱が上がってしまう。

そんなサディアにレゼジードも慌てたのか、彼らしくもなく落ち着かなげに手を振って、言ってくる。

「いや、本来ならわたしのほうが先に気づくべきだったのだ。ナ・クラティスでのおまえの立場は、今のところ曖昧《あいまい》なものだ。わたしの保護下に置かれているが、もし、わたしに万が一のことがあった時には、ナン・タンベールの保護が間に合うかわからないし、なにより再び戦場に赴《おもむ》く時に、おまえを残しておくのが心配だ。しかし、わたしの妻という身分にしておけば、もしもの時にもないがしろにされることはないし、将来が立ちゆくように遺産も残してやれる。リセル伯爵の妻であったという事実は、ナ・クラティスでのおまえの暮らしを守ることになるだろう」

「もしものことって、レゼジード様……!」

レゼジードが戦死することなど考えもつかず、サディアは声を上げた。

しかし、よく考えてみれば、レゼジードは軍人だ。またいつ、ジュムナ遠征のように外征を命じられるかわからない。戦いに出れば、もしもの危険もあるだろう。

だが、彼が死ぬなんて……!

真っ青になったサディアに、レゼジードが慌ててその手を握ってくる。

「万が一の用心だ。それに、おまえは自分をエギール殿下の身代わりだと思っているだろうが――事実そのとおりではあるのだが、しかし、必ずその時が来るわけではない。身代わりなど必要なく、エギール殿下が無事お世継ぎとなられる可能性のほうがずっと高いのだ。だからこそ、おまえの将来に不安がないように、もしもの手当てをしておきたいと——しておくべきだと、ナン・タンベールに以前指摘された。わたしも、そのとおりだと思う。だから、おまえさえよければなのだが、わたしの妻になるという選択肢《し》を、考えてもらえないだろうか」

「僕が……レゼジード様の妻に……」

それはけして、通常の申し込みとは同じではない。本来の意味で妻にと望まれているわけではないこともわかっている。サディアとレゼジードは、あくまでも被保護者と保護者のままだ。

それでも。

どうしてだろう。真摯《しんし》にレゼジードに申し込まれ、サディアの身体が熱くなっていく。心臓が大きく音を立て始める。

自分はどうしてしまったのだろう。もしや、本当にレゼジードの妻になりたいと、分不相応な希望を持ってしまっているのだろうか。

違う。レゼジードはそんなことは言っていない。断じて言っていない。

けれど。

サディアの顔は、項《うなじ》は、真っ赤に染まっていた。

サディアは必死に、自分に言い聞かせる。自分は身代わりで、その価値がなかったらレゼジードだって自分を助けはしなかった。

それはわかっている。わかっているのに。

蚊《か》の鳴くような声で、サディアはこう返すのが精一杯だった。

「……少し……考えさせて下さい」

今、返事をしたら、自分がなにを言うかわからない。

そんな恐れを感じ、サディアはようようそう告げる。

レゼジードはもちろん、即答を望みはしなかった。彼はいつだって、ナ・クラティスの武人としての務め以外では、誠実で公平な男だった。

「当然だ、サディア。大切なことだから、よく考えて返事をしてほしい。受け入れるのも断るのも、おまえの自由だ。仮《かり》に断ったとしても、おまえを保護するためのまた別の方法を考えるまでのことだから、気にしないでもらいたい」

「……もったいないことです」

本当にそうだった。自分ごときの、ただの身代わり風情にそこまで心を砕いてくれるレゼジードに、サディアはただただ頭《こうべ》を垂れる。妻にと望んでもらえることが、胸が震えるほどに嬉しかった。

嬉しくて、怖かった。


久しぶりにともにした夕食を終え、サディアはゆっくりと入浴したあと、自室に戻った。レゼジードは夕食後、まだなにか書斎で仕事をしているだろう。ナ・クラティス軍七将軍の一人であるレゼジードは、多忙な人だった。

一方のサディアは、良くなりつつあるとはいえ、いまだ夜更《よふ》かしは身体に悪い。レゼジードが休んでいないのに申し訳ないのだが、早々にベッドに入らなくてはならなかった。

だがその前に、サディアは窓辺に歩み寄った。窓を開き、天上に輝く月を見上げる。

ひっそりとした月は、幼い頃からサディアの近しい友のような存在だった。眩《まばゆ》い太陽は人々の尊崇《そんすう》を集めるが、サディアには光が強すぎる。淡い月の光のほうが、近しかった。

その月に、サディアは語りかけた。

「あの方の妻に……本当になっていいのでしょうか」

呟きに、心が嬉しいと震える。たとえ形だけでも、レゼジードの妻になるのを喜んでいる。

自分の心がどうしてそう動くのか。

考えた時、サディアの目は潤《うる》んだ。

たくさんたくさん言い聞かせてきたのに、どうして自分の心はそうなるのだろう。あの方にとって、自分はエギールの身代わり以上の意味などないのに、なぜこんなふうに感じてしまうのだろう。

妻になったら、嬉しいけれど、きっと苦しくもあると思う。

その苦しさがどこから来るのかと思えば、それは、サディアが本当には彼の妻ではないからだ。本来の意味で、妻にと望まれたのではないからだ。

レゼジードは思い上がってなどいないとサディアに言ってくれたけれど、やはり自分は思い上がっている。

サディアはため息をついた。

「エギール殿下に似ていなかったら……レゼジード様は僕なんて、目の端にも入れて下さらなかったに違いない……」

残酷な事実を、自分の思い上がりを窘めるために、サディアはあえて口にする。レゼジードにとって大切なのは、主と仰ぐエギールの身だけで、サディアのことはそのついでにすぎない。身の程をわきまえろ。

「望んでいいのは……」

月に向かって、サディアは小さく囁《ささや》いた。輝く月にレゼジードの姿を思い浮かべて、自分に許される願いを口に乗せる。

「望むべきなのは、あの方の大願が成就《じょうじゅ》されること。あの方の望みどおり、エギール殿下がお世継ぎとなり、立派な王になられること。どうか、あの方の望みが叶いますように。そしてできることなら……」

続く言葉は、口の中に溶けて消えた。

――どうか少しでも長く、あの方の側にいられますように……。

胸がシクシクと痛んだ。

翌日、サディアはレゼジードに、妻となる旨《むね》を承諾した。断ることで、自分を保護する別の手立てを考える手間を、レゼジードにかけさせないために。


その苦い思いがどこから来るのか、レゼジードには不可解だった。

朝食の席でそう言ってきたサディアを、レゼジードは思い起こす。

『あの……レゼジード様のご迷惑にならないのなら、昨日のお申し出……その、妻にという……謹《つつし》んでお受けいたします』

昨夜は真っ赤になってレゼジードの申し出を聞いていたのに、今朝のサディアは神妙であった。伏せた目蓋の陰影が、妙にサディアを大人びて見せて、レゼジードを戸惑わせた。

自分の申し出は、サディアには不快だったのだろうか。もしや、サディアの心にはすでに、誰か想う相手がいたのだろうか。

もし、想う相手がいたとしたら、レゼジードの申し出は、たとえそれが親切心から出たものであっても、サディアを困惑させただろう。

しかし、想う相手がいるとしたら、それは誰なのか。サディアの治療を任せた神官なのか。それとも、世話を頼んだ従者なのか。

そう考えかけて、レゼジードはいやいやと、己の先走りを窘めた。

サディアの普段の様子から、誰かに懸想《けそう》している雰囲気は感じられないではないか。誰に対しても礼儀正しい態度を崩すことなく、馴れた様子はあまり見せない。

それはすなわち、サディアの心の壁を表しているのだろう。壁があるうちは、懸想など案じる心配はない。

いやしかし、サディアの中に誰かを想う心が生まれるとしたら、レゼジードには逆に嬉しいかもしれない。

ふと、そんなことを思う。

サディアは控えめな少年であった。

エギールと瓜二つの容姿をしているから、余計にその差が際立つのかもしれない。

エギールはサディアとはまるで違う。エギールならば、思っていることははっきり言うし、いやなことはいやだと口にする。

それになにより、戦う勇気があった。現に、母を同じくする兄弟が相手であっても、戦う必要がある時にはそうする覚悟があった。

だが、サディアは違う。サディアは自分に降りかかる災《わざわ》いを、ただ黙って受け入れるだけだ。振り払うために戦うことなど思いもつかないだろう。

それは、あの病のせいかもしれない。神官の治療によって良くなってきていたが、それでも完治することはなく、一度かかってしまえば、生涯付き合っていくしかない病だ。

家族にもさほど大事にしてもらっておらず、最初に会った時はひどい有り様であった。世話をまったくされておらず、いやな臭気が漂う憐れな姿だった。

それだけで、普段のありようが察せられる。

サディアの父親も、最後まで息子をいたわろうとする態度は見せなかった。

おそらく、他の兄弟たちからも、サディアはほとんど家族としての思い遣りを受けたことがないのだろう。

身分にうるさいジュムナでは、ありがちなことだった。

そんな中でサディアにできることといったら、おそらく、受け入れることだけだったのかもしれない。

だから、レゼジードに対してもサディアは従順だ。身代わりと知った時こそ動揺を見せたが、それもすぐに抑え、レゼジードへの感謝を表した。

懸命に微笑む姿に、レゼジードの胸が痛まなかったとはとても言えない。なすべき務めのためならば、どんな命でも躊躇わなかったというのに、サディアのけなげな姿には良心の痛みを覚える。

——できるだけ、サディアにはよくしてやらねば。

それだけが、レゼジードにできる贖罪《しょくざい》であった。

そう決意するのだが、心の痛みは取れない。

レゼジードはつい、場所も忘れて重いため息をついた。

「どうしたのですか？」

一緒にいたナン・タンベールが、訝しげに声をかけてくる。

レゼジードはハッとした。ここは、エギールの教育係として、王宮内にナン・タンベールが与えられた一室だ。ともに、これからの方策を話し合っているところだった。

「殿下のお話であなたがぼんやりしているだなんて、珍しいですね」

ナン・タンベールがクスクスと笑う。内心を覗き込むような彼の揶揄《やゆ》に、レゼジードは思わず舌打ちした。相変わらず、面白くない男だ。頭のよすぎる相手は、本当に厄介だった。

だが、この男に、サディアのことで思い悩む内心に踏み込まれたくない。これは、レゼジードだけの心の問題だった。

憮然として、レゼジードは謝罪する。

「すまなかった。先を続けてくれ」

「いいですよ。ちゃんと聞いていて下さいね」

柔《やわ》らかに念を押して、ナン・タンベールが話し始める。それは、ナン・タンベールが調べたランジスの行状だった。

「ランジス殿下の生活は、相変わらずのようですよ。昼少し前に起床して、ゆっくり昼食を召し上がられ、陳情団《ちんじょうだん》という名の取り巻きと面会。その後、昼寝を少々。起きて衣装替えをし、あちこちの夜会へ出かけ、深夜まで時間を過ごす。それに時折、仕立て屋や細工師《さいくし》に会っていますね」

「ふん、贅沢な生活だ。ただし、掛かりはすべて他人持ちで、だろう？」

ナン・タンベールが頷く。

「そうです。巧妙に隠してはいますが、複数の連中から金を提供されています。陛下からの年金だけでは、あれだけの贅沢はできません。まあ、よくある収賄《しゅうわい》です。ただし」

と、一旦口を切り、ナン・タンベールがレゼジードを見つめた。眼鏡の奥の灰色の目が一瞬鋭くなる。

「ただし？」

レゼジードは訊き返した。

「他国からの金も受け取っています」

「なんだと？」

あってはならない答えに、レゼジードは目を見開く。仮にも王位を望んでいるのなら、他国から金品を受け取るのがどんなに危ういことかわかっているはずだ。それとも、ランジスにはその程度のこともわからないのか。

「――平和が、殿下のお望みだとか」

「平和？　はっ、金をもらって平和を口にするか。愚《おろ》かしい」

ナ・クラティスが求めなくても、どの国も互いに少しでも領土を増やすことを望んでいる。ナ・クラティスが平和の名のもとに軍を骨抜きにすれば、すかさず他国が侵略してくるだけだ。それが、あの贅沢に身を浸した王子にはわからないのか。

ナン・タンベールも同調する。

「まったく、愚かなことです。これからという我が国に、愚かな王は害にしかなりません」

「ナン・タンベール、声が大きい」

いくらナン・タンベールに与えられた部屋とはいえ、ここは王宮だ。王位継承に関わる発言を、軽々しく口にするのは危険だった。

「ああ、すみません。つい……」

珍しく、ナン・タンベールが苦笑する。自分でも熱くなりすぎたと自嘲したようだった。

もっとも、そんなナン・タンベールの態度に、レゼジードの態度も和《やわ》らぐ。

これだから、この生意気な神官と付き合っていられるのだ。ともに、国を憂《うれ》うのは同じ。エギールに対する忠誠も同じだった。

「――しかし、他国から金を受け取るのは危険だな。なんとか……」

と、レゼジードは話を本題に戻そうとした。いずれ、エギールのものとするこの国から、害虫はできるだけ取り除いておくべきだった。

エギールのもと、ナ・クラティスをさらなる大国にする。それが、レゼジードとナン・タンベールの望みだ。

しかし、言いかけた言葉が中途で途切れる。

けたたましい悲鳴が遠くから聞こえてきた。

「きゃあああああぁぁぁぁぁぁっっっ!!」

女性の声だ。

即座に、レゼジードは立ち上がった。声がしたのは、王の謁見《えっけん》の間の辺りからのように聞こえた。

まさか、王になにかあったのか。

国王に寵愛されているエギールの執務室は、王の間に程近いところにある。エギールの教育係であるナン・タンベールの部屋も同様だ。

「行くぞっ!」

声をかけたレゼジードに、ナン・タンベールも硬い顔をして頷いた。

二人して、声のした方角に向かって走り出す。ざわめきを辿《たど》ると案の定、謁見の間の辺りでなにかが起こったのがわかる。人々が恐ろしげに顔を見合わせて震えていた。

その様子に、レゼジードは舌打ちした。仮にも貴族を名乗るなら、悲鳴の聞こえた場にすぐにも駆けつけるべきではないか。

謁見の間に近づくと、ざわめきはますます大きくなる。やはり、あそこでなにかがあったのだ。

レゼジードは寄り集まる人々をかきわけ、謁見の間に飛び込んだ。

「これは……っ」

レゼジードは絶句した。

床に敷かれたクッションが乱雑に散らばっている。おそらく、逃げ惑う人々によって蹴散らされたのだろう。侍女や侍従《じじゅう》が、恐ろしげに部屋の隅で固まっている。

部屋の中央で、王が血を流して倒れていた。

「陛下……っっ」

レゼジードは駆け寄った。数人の貴族たち、あるいはまだ気丈さが残っている侍従が王の周囲にいたが、まだはかばかしい手当てはできていないようだった。

「ナン・タンベール、早く治療を！」

この場に、『ナン』の称号を持つ男がいたのは僥倖《ぎょうこう》だった。

すぐに、ナン・タンベールが王の側に膝をつき、皆をどかせた。ひとつ息を吐き出し、掌になにかを集中させる。光が四方八方から、ナン・タンベールに集まっていくのが見えた。それを、王の身体に翳《かざ》していく。

力が注ぎ込まれるにつれて、王の刺し傷から流れる血が減っていく。

ナン・タンベールがさらに掌に気を集中させる。脂汗《あぶらあせ》が、額《ひたい》に滲むのが見えた。

やがて、出血が止まった。

ナン・タンベールが大きな息をつく。

「どうだ？」

「とりあえず応急処置は……。しかし、治癒の専門官を集めて、本格的な治療が必要です」

「よし、すぐに手配しろ」

「はい」

ナン・タンベールは頷き、侍従を呼んで神殿に遣いを出すよう命じている。さらに、王の身体を寝室に運ぶ手配をする。

王のことは、ナン・タンベールに任せておけばよいだろう。

レゼジードは立ち上がり、気丈に王を介抱《かいほう》しようとしていた侍従の一人を捕まえた。なにがあったのか、隅で震えている連中に訊いても手間がかかるばかりだ。

「いったいなにがあったのだ」

「それが……」

侍従は恐ろしげに小さく震え、口を開いた。

「陛下に給仕をしていた侍女の一人が、いきなり陛下に短刀を突き刺したのです。そのまま、あっという間に逃げてしまって……」

「なんだと、侍女が？」

レゼジードが眉をひそめる。王宮の侍女、特に、王の御前《ごぜん》に仕える侍女は厳しく身元を調べられているはずだ。それが、王の暗殺を企《たくら》むとは信じられない。しかし、侍従の話にその場にいた貴族も頷いている。

「――それで、侍女はどこに逃げたのだ」

「さあ、それは……」

侍従は戸惑ったように俯き、他の貴族たちも首を捻《ひね》っている。

「誰も追いかけた者はいないのか?!」

それにも、答えは同様だ。これだけの人が室内にいて、犯人を逃してしまったのか。

――なんということだ。

レゼジードは愕然《がくぜん》とした。信じ難い失態だ。

「ああ、そうだ！」

侍従が声を上げる。思い出したことにほっとしたように、レゼジードを見上げてきた。

「近衛《このえ》の兵が、逃げた侍女を追いかけていきました。ですから、侍女もそう遠くまで逃げられないと思います、伯爵様」

「近衛が……そうか、ならばいい」

少なくとも、多少はまともに動ける者がいたことに、レゼジードも胸を撫で下ろした。

近衛が侍女を追っているのなら、いくらもしないうちに捕らえられるだろう。女の足ではそう遠くまでは逃げられないはずだ。

しかし、遠征から帰還後、落ち着くか落ち着かないかの間に発生した暗殺未遂《みすい》に、レゼジードはいやな想像を刺激される。

もしやこれに、ランジスが関わっているとしたら――。

いいや、いくらなんでもそれはあるまい。国王を暗殺しようとするなど、王族であっても重罪だ。けして許される罪ではない。

胸に湧き上がった疑惑を打ち消し、レゼジードは事態の収拾《しゅうしゅう》に集中した。

夕方になって、侍女が捕らえられたとの知らせが入る。

侍女の告白に、取り調べに当たった官吏《かんり》は仰天《ぎょうてん》した。彼女は、エギールに命じられて、国王を暗殺しようとしたのだと告白したのだ。

そして、死んだ——。

§第五章

昼過ぎてから降り出した雨が、夕方になってもほとほとと降り続いていた。

窓辺にもたれかかって座り込み、サディアは見るとはなしに雨を眺《なが》めていた。

天候のせいか、少し身体がだるいような気がする。身体までが水分を含むような気がして、雨が降ると身体が重く感じられた。

今朝、妻になることを承諾した。そのほうが、レゼジードに余計な手間をかけさせないと考えたからだ。

しかし、雨のせいかなんとなく心が沈む。

妻となれることに心が弾まないのは、それが真実のものではないからだろうか。

サディアは自嘲した。自分はなにを望んでいるのだろう。

少し考えればすぐに答えがわかることから、サディアは慎重に目を背《そむ》けた。

世の中には気づかずにいたままのほうが幸せなことがたくさんあって、これもそのひとつだった。

はっきり言葉にしなければ、目を背けていられる。

だから、サディアはあえて、己が心の深淵から目を逸らしていた。少なくともそれで、サディアはレゼジードの側にいられる。

あとは、その時が少しでも長く続くことを祈るだけだ。

そのうち、雨の音に混じって、馬車の音が聞こえてきた。レゼジードが帰ってきたのだ。

ずいぶん早く帰ってきたものだ。

サディアの顔が綻んだ。

庭園の向こうから馬車がやって来て、玄関で止まる。不機嫌な顔をしたレゼジードが降りるのが見えた。

どうしたのだろう。なにかいやなことでもあったのだろうか。

サディアの胸が痛む。エギールの側近であるレゼジードには苦労が多いが、サディアにはその話を聞くことも、力になることもできなかった。ただ、ひそかに心配するだけだ。

屋敷に入るレゼジードを見届けてから、サディアは窓辺に顔を伏せた。身体のだるさに心が引きずられて、そのまま一緒に沈み込んでしまいそうだった。

早く、レゼジードの大切なエギールが、世継ぎに決まればいいのだが。

そのまま祈るように、サディアは目を閉じた。

しかし、しばらくして扉の外から声をかけられる。

「サディア、いいか」

レゼジードの声だった。

サディアは慌てて居住《いず》まいを正し、床に手をついて、レゼジードを迎え入れた。

「お帰りなさいませ」

帰ってすぐにサディアのもとに来るなんて、珍しいことだ。しかも、レゼジードはどこか仏頂面《ぶっちょうづら》だ。

どういうことだろうか。

顔を上げると、レゼジードが黙ってサディアを見下ろしていた。なんだろう。

まったく理由が思い当たらず、サディアは小首を傾げた。もしかして、妻にという話を取り消そうということだろうか。状況が変わって、それをサディアに伝えるのを心苦しく思っているのか。

レゼジードがどこか痛そうに、顔をしかめている。

「どうされたのですか、レゼジード様」

サディアは思い切って訊いてみた。これで気を楽にして、レゼジードが話してくれるといいと思った。

サディアの問いかけで、レゼジードはハッとしたようだった。後ろ手に扉を閉め、サディアの前にやって来る。勧められたクッションを断り、レゼジードは床にじかに腰を下ろした。

そのまま黙り込むレゼジードに、サディアはなんだか居心地が悪くなった。どうしたというのだろう。

とうとう耐えかね、サディアはレゼジードに話しかけようとした。

「あの……」

「頼みがある」

ほぼ同時に、レゼジードが口を開く。レゼジードの声は、いつもより低めに聞こえた。

サディアはじっとレゼジードを見つめた。

レゼジードは視線を逸らし、また口を開く。レゼジードにしては珍しいことに、ひどく言いにくそうだった。

しかし、最終的には望みを口にする。武人らしい、直截《ちょくさい》な言い方だった。

「――エギール殿下の身代わりを、おまえに頼みたい」

「え……？」

それは、予想していたのとはまったく違う言葉だった。

――エギール殿下の……身代わり……。

サディアはまじまじとレゼジードを見つめた。自分の役目はそれだとわかっていたはずなのに、動揺する。来るか来ないかわからない可能性の、『来ない』という方向に、自分の心が無意識に傾いていたためか。

そんな自分が情けなくて、サディアはしいて気持ちを落ち着かせて、訊ねた。

「……なにかあったのですか？」

沈鬱に、レゼジードが答える。

「今日の昼、国王陛下の暗殺未遂があった」

「えっ」

サディアは緊張した。あまりに重大な事態だった。

だが、それにエギールの身代わりとなることがどう関わってくるのだろう。

レゼジードは淡々と教えてくれる。

サディアは、レゼジードが教えてくれるのを待った。

レゼジードは激情をこらえるように拳を握りしめ、唸りとともに続きを吐く。

「陛下を刺した侍女はすぐに捕らえられたが、その女が……エギール殿下に命じられたと告白した」

「そんな……っ」

サディアは思わず声を上げた。あるはずのない事態だった。レゼジードたちが、そんな凶事を企むはずがない。

レゼジードが深く頷く。

「無論、殿下は無実だ。王はエギール殿下を鍾愛しておられる。こんな手段を使わずとも、世継ぎの地位はあとわずかのところにあった」

サディアは唇を噛みしめた。だからなのか、と合点した。レゼジードが言いたいことが、ストンと理解できていく。

だから、エギールの身代わりが必要となったのだ。

「——何者かが、エギール殿下を陥《おとしい》れようと謀《はか》ったのですね」

その程度の推測は、サディアにもできる。

レゼジードが同意する。

「おそらくは、ランジス殿下であろう。最近、殿下の動きは派手だった。何事か企んでいるのではと警戒していたのだが、よもやこんな手段を取ろうとは……」

悔しそうに、レゼジードが床を拳で打つ。危急の事態に、彼の焦りが手に取るようにわかった。

エギールを王にすることが、レゼジードの希望だ。

――僕はそのために生かされた……。

サディアはわずかに眼差しを落とした。

けれど、上げた時には心は決まっていた。そうすると、ずっと心に決めてきたのだ。今さら、躊躇ってはならない。

「――それで、身代わりとなって、僕はどうなるのでしょう。首謀者として捕らえられて、それから？」

なにが起こるか、サディアも把握しておかなくてはならない。エギールとなるために。

レゼジードが重苦しく答える。

「おそらく捕らえられ、厳しい尋問《じんもん》を受けることだろう。ランジス殿下の息がかかっているとすれば、拷問《ごうもん》も……あるかもしれない。あの方は、それだけエギール殿下を憎んでおられる」

「拷問……」

わずかに、サディアの顔が青褪《あおざ》めた。自分がそれに耐えられるだろうか、と自問する。

だが、その怯《おび》えも、レゼジードの苦悩する様子で霧消《むしょう》した。

レゼジードはなんのためにサディアを助けた。高価な治療を施してくれた。

すべてはこの日のためだ。

身代わりにするためとはいえ、レゼジードはすぎるほどの厚遇をサディアに与えてくれた。亡国の、身分低い母を持つにすぎないサディアに対して、伯爵家の妻にとまで心を尽くしてくれた。

それに対してサディアが返せるものは、たったひとつしかない。今がその時だった。

「――心得ました。必ず、エギール殿下として振る舞い通してみせます」

レゼジードはサディアの答えに、まるで自分自身が痛めつけられたかのような顔をする。

やさしい人だから、きっとサディアを憐れんでくれているのだろう。そういう人だから、サディアも務めを受け入れられるのだ。

「――礼を言う。……ありがとう」

レゼジードが床に手をつく。もったいないことだった。

その手を取り、サディアは立ち上がらせた。心を奮《ふる》い立たせ、あえて明るい声で語りかける。

「さあ、行きましょう。急がなくてはいけないのではありませんか?」

笑みすら浮かべたサディアに、レゼジードは苦渋に満ちた眼差しを向ける。

自分の存在が、この人の助けになれる。

それで充分だった。自分は、そのために助けられたのだから――。

サディアは毅然《きぜん》と、レゼジードに従った。


馬車はひそかに王宮に入った。フード付きのマントですっぽりと覆われたサディアは、レゼジードに導かれて、ナン・タンベールのもとに連れていかれる。

エギールと同じように髪を肩口で切り揃え、その後、ナン・タンベールから、サディアはエギールとなるのに必要な知識を授けられた。サディアは懸命に、それらを記憶した。

夜中までそこでエギールになりすますための手ほどきを受けてから、最後に王子本人に引き合わされる。そこでようやく、サディアはレゼジードの大切な主を間近で見ることが許された。

「――すごいな。本当に瓜二つだ」

その人は驚きの眼差しで、入ってきたサディアを見つめていた。

サディアもじっとエギールを見つめる。一度垣間見た時も驚いたが、見れば見るほどそっくりだった。ただ、性格の違いからか、多少印象が違う。例えて言うならば、エギールは太陽、サディアは月というところだろうか。

「よく見て、真似《まね》するんだよ」

横から、ナン・タンベールが囁いてくる。同じように振る舞えと、言われているのだ。

サディアは素直に頷いた。自分の役目はわかっている。

エギールの脇にはレゼジードが立っていた。レゼジードは無言で、なにも言わない。

「さ、着ているものをお取り替え下さい」

ナン・タンベールが言ってくる。

サディアは黙って、着ているものを脱いでいった。そして、それをエギールと交換する。

素早く、二人の着衣は取り替えられた。衣装も装身具も履《は》き物も、すべてだ。態度を除けば、二人はこれで入れ替わってしまう。

「すまない」

最後に、エギールに手を握られた。顔を上げると、真剣な眼差しがサディアを見つめている。

――ちゃんとした方なんだ。

サディアにもそのことが伝わる。

さすがレゼジードが主と仰ぐ人だ。彼と同じように、エギールにも憐れむ心がある。

きっと立派な王になるだろう、とサディアはレゼジードのために喜んだ。

そのための役に立てる。だから、自分の犠牲《ぎせい》は無駄にはならない。

「さあ、まいりましょう」

サディアが着てきたフード付きのマントを着せかけ、レゼジードがエギールの背中を押す。

そうしてサディアへと振り返り、苦悩を押し隠した眼差しを向けた。

「サディア、頼む」

「はい。お任せ下さいませ」

サディアは気丈に頷きを返した。この方のために、なんとしてもやり遂げようと思った。それが今までのことへの恩返しになる。

そのまま、レゼジードが再び背を向ける。エギールを連れて、自邸に戻るのだろう。

サディアはジュムナの深窓の令嬢という触れ込みになっていたから、エギールの存在は慎重に屋敷の内部に秘匿《ひとく》しておける。今までサディアがそうしてきたように、数少ない人間とのみ顔を合わせるだけで済むから、入れ替わったことを誤魔化せる。

いや、レゼジードのことだから、信頼する側仕えには真実を明かし、しっかりとエギールの存在を隠すか。

そうして自分の代わりに、今後はエギールがレゼジードの隣の部屋に住んで……。

不意に、胸苦しい塊《かたまり》が喉元に込み上げた。

——駄目だ。考えるな。

自分はただ、今までのレゼジードの厚意にのみ、心いたすべきだ。恩義に報いるのが、人としてのサディアの矜持《きょうじ》だ。

握りしめたサディアの両手が小さく震えた。唇を嚙みしめ、込み上がりかけたなにかを呑み込む。

その時、エギールのフードがわずかにずり落ち、レゼジードがそれを着せかけるのが見えた。それとともに、エギールに向ける一途で真っ直ぐな、忠誠の眼差しも——。

その眼差しに、サディアの心臓は射抜かれた。

——あぁ……レゼジード様にとって、エギール殿下は特別なお方なのだ。

特別で、大切な方。サディアに向けるものとはまったく違うその眼差しに、胸が押し潰される。

自分に向けるものは憐れみ。だが、エギールに向けるものは——。

当然ではないか、とサディアは懸命に自分に言い聞かせる。

この人に仕えることこそがレゼジードの歓《よろこ》び。武人としての本懐《ほんかい》。この方を擁して、レゼジードのナ・クラティスでの生きる誇りがある。

それらの覚悟と昂《たかぶ》りが混じり合うその眼差しを、サディアはじっと見つめた。

――わかっていたことだろう……？

エギールという主君とともに、レゼジードの生はある。同じ姿をしていても、レゼジードが己のすべてを捧げるのは……エギール。サディアではない。

耐えられなくなり、サディアはギュッと目を閉じ、顔を背けた。レゼジードにとって、自分がどれほどのものの数ではない存在か、知りたくはなかったのに感じさせられるのが痛い。

サディアは……そう。所詮はエギールのおまけだった。エギールという太陽が存在するからこそ助けられ、やさしくしてもらえた、ただの代替品。

エギールの代わりに拷問を受け、あるいはそのために死ぬことがあっても、レゼジードが慟哭するほどにその死を悼んでくれることはない。

なぜならサディアは偽物で、レゼジードにとっての本物は生きて、いずれは輝かしい君主となるから。ナ・クラティスを輝かせる太陽となるから。

サディアのことは……憐れに思う気持ちはあれど、年月とともにレゼジードの心から消えていくだろう。悔いてはくれるだろうが、いつまでも心にかけてもらえる存在ではない。

もちろんレゼジードはやさしいから、サディアのことを完全に忘れることはないだろうが、それは感傷的な憐れみにすぎないだろう。時々は思い出してくれるかもしれないが、しかし、レゼジードの心の大部分を占めるのは、エギールとともに進めるナ・クラティスの覇業《はぎょう》だ。サディアではない。

——いけない。

サディアは必死で、負の深淵に転がり落ちそうな己を律《りっ》した。

ちゃんとわかっていたことではないか。わかった上で、自分はレゼジードの恩義に報いると決めたのだ。今さら心揺らがせるな。情けない。自分の覚悟はその程度のものだったのか。

サディアはなにか訳のわからないことを言ってしまいそうな自分を、必死で抑えた。

エギールを守りながら、レゼジードが部屋の扉を開けようとする。

唐突《とうとつ》に、サディアの斜め後ろに佇んでいたナン・タンベールが声を発した。

「お待ち下さい。捕縛《ほばく》の兵が来るまでには、まだ時間があります。ランジス殿下はあのような方ですから、エギール殿下の逮捕にも派手な演出をなさりたいはず。衆人環視《しゅうじんかんし》の中で、エギール殿下を辱めるおつもりでしょう。すなわち、今しばし時間があるということです。殿下、どうぞその朝までの時間、この者にお慈悲を」

ナン・タンベールの言葉に、エギールが振り返る。ナン・タンベールを見上げ、それから、サディアへと視線を移した。

「望みがあるのか、サディア」

「いえ、僕は……」

ナン・タンベールはなにを言っているのだろう。今さら、サディアに望むことなどなかった。ただ静かに、去っていくレゼジードを見送りたかった。

だが、本当に？

サディアに、最初の悪魔が囁いた。

拷問の果てに、自分は死ぬかもしれない。いや、獄死《ごくし》ではなく、エギールを憎むランジスによって死を命じられるかもしれない。

国王弑逆《しいぎゃく》未遂は大罪だ。それを企んだ人間に死を命じるのは、しごく当然であった。

死――。

サディアは思った。なぜ、神々は最後の最後にレゼジードという恩寵《おんちょう》を、サディアに与えたのだろう。自分ごときにやさしくしてくれる人がいるなどと知らなければ、生きる希望など知らなければ、自分は従容と運命を受け入れることができた。死の病に殉《じゅん》じて、なにを思うでなく朽《く》ちていっただろう。

けれど、神々はサディアにレゼジードという人を巡り合わせた。レゼジードという……。

――愛しい人を……。あぁ……どうして……。

愕然と、サディアはレゼジードを見つめた。己の心に浮かんだ言葉が信じられなかった。

自分はレゼジードを……レゼジードのことをなんと呼んだ？

――…………………愛しい人。

サディアの視界が、涙で滲んだ。愛しい人――。

ついに知ってしまった己の想いに、サディアは圧倒される。気づいてしまった自分が呪わしかった。

この期に及んで、どうして言葉にしてしまったのだ。

けれど、奔流のように想いが、心の奥深くから溢《あふ》れてくる。

レゼジードを愛している。姿を気に入ったのだと最初にからかわれた言葉も嬉しかったし、形式だけとはいえ妻にと望まれたことも嬉しかった。

愛している。愛している。愛している。

第二の悪魔が、ナン・タンベールの口を通じて、動揺しているサディアに囁いた。

「最後なのだから、なにを望んでもいいのだよ。君の望みは、なに」

「ナン……タンベールさ、ま……」

両目を見開き、サディアは後ろから両肩に手を置いてそそのかしてくるナン・タンベールを振り返った。

望み？　そんなものはわからない。レゼジードに愛してもらえるとも思っていなかった。彼は武人で、詩人ではない。死にゆくサディアへの憐れみを、恋へと転化するような人ではない。

彼に愛を告げるのか。

いいや、そんなことがしたいわけではない。

では、なにが欲しい。

残酷な悪魔が、サディアに囁いた。

――レゼジードは、きっと君を忘れてしまうよ。それが人間というものだ。

忘れられたくない。レゼジードに愛してもらえないことはわかっている。だが、忘れられるなんていやだ。

サディアを――サディアの存在を、その心に刻み込んでしまいたい。

忘れないで！

それまで、自分の中にそんな激情があったとは、サディア自身も知らなかった。だが、感情が溢れてくる。

自分は憐れな偽者ではない。愛されなくても、せめても自分という存在を憶《おぼ》えていてもらいたい。

憐れみではなく、偽者としてでもなく、サディア自身として。

忘れないで！　僕を。僕自身を！

それまで、どんな運命も受け入れてきた自分の心が、迸《ほとばし》る激情に塗り込められる。

サディアの口が、なにかに操《あやつ》られるように開いた。涙でいっぱいになった目が、レゼジードを見つめていた。

「あなた様の妻に……。今宵一夜、僕を……正真正銘《しょうしんしょうめい》、あなた様の妻に……して下さい。望みはそれだけです」

「サディア……」

レゼジードが喘ぐように呟く。サディアを見つめる翡翠の瞳は、戸惑いと動揺、驚きに揺れていた。その目をじっと見つめ、サディアは泣くように微笑んだ。自分がとんでもないことを言ってしまった自覚があった。だが、止められなかった。

自分は駄目な人間だ。恩義ある人に対して、どうしてしかるべき態度でいられない。

ああ、でも……！　エギールになり代われないことはわかっていても、ただの憐れな過去で終わるのはいやだ。

忘れないで。サディアを忘れないで！

あなたは生涯でただ一人、サディアが愛した人なのだから。

「あなた様の妻に――」

絶望的な思いで、サディアはレゼジードへと手を差し伸べた。

サディアの望みを、エギールは頷き、叶えてくれた。

ナン・タンベールがエギールをレゼジードの屋敷まで送り、代わりにレゼジードが王宮に残る。今、サディアはレゼジードと二人きりだった。

「本気で、わたしの妻にと望むのか」

低い、緊張を孕んだ問いかけだった。

今さらながら、サディアも恐れを感じる。己の大胆さに驚いていた。

だが、引き下がろうとは思わなかった。

誰かを好きになるというのは、こんなにも醜い感情だったのか。胸が痛いほどにレゼジードを恋い慕っているのに、今のサディアが望んでいるのは、その愛する人の心に自分という傷を刻み込むことだった。やさしい心に深い傷を負わせ、その傷の痛みとともに自分を生涯忘れさせないようにする。ただそれだけしか望まなかった。

なんて醜い、身勝手な恋情なのだろう。愛する人にやさしい思い出ではなく、痛みを刻もうとするとは。

だが……忘れられたくない。ただただ忘れられたくない。愛してもらいたいなどと思わないから、ただずっと自分という人間がいたことを強く憶えていてほしかった。

サディアはしいて微笑んだ。

「なんの悦《よろこ》びも知らぬまま、死ぬのはいやです。どうか僕を、清い子供のままではなく、大人として逝《い》かせて下さい」

誰も口に出して言わなかった自明の理として訪れる未来をはっきり言葉にして、サディアはレゼジードを求めた。拷問、その結果の死。あるいは処刑。

いずれにしろ、エギールの身代わりとなったサディアに待っているのは、死だった。その事実をあえて口に出して、サディアはレゼジードを心理的に追いつめる。

さっきまでいたエギールの私室から、場所は移している。さすがにそこでレゼジードに抱かれたら、召使いにでも知られる危険性があるからだ。

そうではなく、王宮内の外れにある四阿を、二人はナン・タンベールに紹介されていた。

以前は後宮《こうきゅう》に使われていた区域なのだが、現王に替わってからは後宮の場所が移され、使われていない場所だ。今では住む者もなく、寂しい場所になっていた。ここなら、誰にも邪魔される心配はない。

明け方になったら、ナン・タンベールが迎えに来てくれる。そうしたら、サディアはエギールとして王宮に戻り、レゼジードは自分の屋敷に戻る。

一度着たエギールの衣服を、サディアはぎこちなく脱ごうとした。

その手を、レゼジードに止められる。

「……いや、わたしがやろう」

「はい……ありがとうございます」

きっぱりと望んだサディアに、レゼジードも覚悟を決めたようだった。まるで、本当に新婚の夫のように、手ずからサディアの着衣を脱がせてくれる。

続いて、自身も衣服を脱ぎ捨てた。

現れ出た逞《たくま》しい裸身に、サディアは思わず息を呑んだ。思っていたよりもずっと、レゼジードは充《じゅう》溢《いっ》した体軀をしていた。

ただし、戦いで負ったのか、ところどころに傷痕がある。左腕に、特に大きな刀傷の痕があった。

裸身となった身体を四阿内のゆったりとした長椅子に横たえられ、サディアは伸しかかってきたレゼジードのそこにおずおずと指を這《は》わせた。

「たくさん……傷がおありなのですね」

「ああ、怖いか？　ずいぶん野蛮な男に見えるだろう」

本当にいいのか、と最後の確認をするかのように、レゼジードがサディアの髪を撫でながら訊いてくる。

サディアの身勝手でこうなることになったというのに、こんな時までもレゼジードはやさしい。それが切なくて、申し訳なくて、サディアは小さく首を横に振った。

「いいえ……怖くなどありません。レゼジード様こそ、僕のような者を相手にこんなこと……」

口ごもると、レゼジードがフッと口元を綻ばせた。からかうように、額を軽く弾かれる。

「妻にと、先に申し込んだのはわたしだ。おまえのほうこそ、自分を卑下《ひげ》するな。おまえは美しい」

頰に手を滑らせながら、レゼジードが言ってくれる。

それなのに、サディアは素直に言葉を返せない。

「エギール殿下と同じ顔だからですか？」

つい、そんなことを思い、言ってしまう。

レゼジードは痛いような、苦しいような目をした。だが、口元には笑みを浮かべる。

「……いや、姿は同じだが、わたしには違って見える。あの方には、間違っても美しいなどとは言えない」

「そう……ですよね」

レゼジードの告白に、サディアはさっき初めて間近で対面した高貴な王子の姿を、思い浮かべた。

同じ顔、同じ姿をしているのに、サディアとはかけ離れた印象の王子――。

弱々しいサディアと違い、エギールは力強い輝きに溢れていた。まだ少年の線の細さはありながら、凛々《りり》しいという表現が似合うような、将来の逞しさを予感させる強さが彼にはあった。サディアとは違う。

束の間、サディアは悄然と眼差しを落とした。

だが、気落ちしたサディアを救うように、レゼジードが言葉を紡《つむ》いでくれる。

「あの方は太陽の獅子《しし》だが、おまえは月に咲く花だ。儚《はかな》く、たおやかで、あの方とは違うよさが、おまえにはある。――許してくれとは言わない、サディア。わたしがおまえに強《し》いているのは、むごいことだ。本当に……今宵一夜、わたしの妻になりたいのか？」

苦悩を内包した問いだった。

サディアは泣きたいような思いで、愛しい人を見つめた。傷つけるためにこいねがった自分に対して、愛しい人はどこまでもやさしい。そのやさしさを踏みにじる自分のほうこそ、許しを乞うべきなのに。

聞きわけのいいサディアはちゃんとそのことがわかっているのに、もう一人の身勝手なサディアが歓喜の声を上げる。

もっと……もっと、自分の存在をレゼジードの中に刻んでおきたい。

サディアは微笑んだ。

「もちろんです。どうか僕に、お慈悲を……」

「……わかった、サディア」

そっと、レゼジードの唇が落ちてきた。生まれて初めての口づけに、サディアは罪の意識と歓びの二つに包まれながら、目を閉ざす。

——愛しています……。

その罪深さと勝手さに、サディアは泣くような思いで身を浸した。後悔はたっぷりとあったが、それと同じくらいレゼジードから離れられない。傷つけるだけの行為から、逃げられなかった。

唇に、頬に、鼻に、額に、顔中のいたるところにキスされる。

それからその唇がやさしく、サディアの肌を辿って首筋へと落ちていった。さらに、胸——。

「……ぁ、っ」

サディアは小さく喘いだ。桜色の淡い粒《つぶ》を、レゼジードの唇が咥《くわ》えている。咥えて、舐《な》めて、さらにもう片方の胸の先は指でやわやわと転がされていた。

妻になる、ということがどういう行為を指すか、具体的にわかっていたわけではない。サディアは孤独な子供であったから、耳学問で知る知識もなかった。

ただぼんやりと、身体を重ねるという言葉を知っていただけだ。

だが、今レゼジードにされているこれがそれに当たるのだと、知識がなくとも本能が、サディアに伝えていた。

身体に触れて、触れられて、そのことで情感が高まっていく。これが、結婚の誓いを立てた者の間に起こること。

知らぬうちに、サディアは腰をくねらせていた。下腹部が熱い。

やがて、あらぬ場所をレゼジードに握られた。

「……ぁ、っ！」

小さく声を跳ね上げたサディアに、レゼジードが荒い息遣いを抑えながら訊いてくる。

「サディア、ここに自分で触れたことは？」

病魔に苦しんだサディアにその経験はないかもしれない、と案じたのだろう。

サディアは頬を赤らめながら、レゼジードにさらにしっかりと握ってもらうために、膝を立てて足を開いた。

「あ……りこます。時々……とても苦しいことがあって……触ると……その……」

その告白に、レゼジードがフッと微笑んだ。愛しげな眼差しだった。

「心地よかったのだな。よかった、サディア」

「い……言わないで……」

恥ずかしさに、サディアは両手で顔を隠す。大胆にレゼジードを誘っておきながら、込み上げる羞恥にどうしたらよいかわからない。

レゼジードは喉の奥でクックッと笑った。だが、それはからかうものではなかった。どこか包み込むようなものがあった。

「ちゃんと成熟しているようでよかった。それならば、先に進める」

「先……あっ」

首を傾げたサディアは、驚愕の声を上げた。あらぬ場所を握っていたレゼジードが、身を屈《かが》めたのだ。屈めて、それまで握っていたものをペロリと舐めた。

「いっ……いけませんっ、レゼジード様……！」

「夫婦《めおと》ならば、こうやって愛し合うのはおかしなことではない。今宵、おまえはわたしの妻だろう。なにもかも、すべて愛させてくれ」

「そんな……っ、あ……あぁ……っ」

自分の指とは比べ物にならない甘い衝撃が、あらぬ部分から襲ってくる。レゼジードはそこを舐めて、それからパクリと頬張ってきた。口中いっぱいにサディアのそれを包み込み、熱い粘膜《ねんまく》とざらついた舌で刺激する。

「あ……あっ……いけま、せ……ダメェ……っ」

サディアは身じろぎ、レゼジードから逃れようとするが、しっかりと腰を捕らえられ抗《あらが》えない。それどころか、繰り返される熱い愛撫《あいぶ》に、恥ずかしい部分がヒクヒクと震え、先端が熱く疼《うず》いていく。

やがて、トロリとした蜜が滲み出したことを自覚した。

「……やっ」

その蜜も、チュッと啜《すす》られる。腰がガクガクと震え、背筋が反り返った。

恥ずかしい。苦しい。

だが、それは心地よくもあって、サディアは身も世もなく喘いだ。

喘ぎ続けるうちに、違和感を覚える。

「ん……な、に……」

「いい子だ、サディア。身体の力を抜いていろ」

甘い囁きとともに、レゼジードの長い指が信じられない場所を開いていく。

「あ、あ、あ……そ、こ……やぁ……っ」

不浄《ふじょう》の場所を探られることに、サディアの肌が粟立《あわだ》った。どうして、レゼジードがそんな場所をいじるのか、わからなかった。

しかし、指を挿《い》れたままレゼジードに囁かれ、サディアの拒絶が甘く変わる。

「妻になるとは、こういうことだ。おまえのここで、わたしとおまえはひとつになる」

「ひと……っ……？」

「そうだ。ここで繋がり、ひとつの身体となる。するか、サディア？」

サディアに否やはなかった。そういうことなのだという知識はなかったが、レゼジードにしてもらえるのならどうなってもかまわない。

「して……下さい……。レゼジード様がおいやでなければ……あぁ、いやでも……僕を妻に……」

想いが迸り、サディアは伸しかかるレゼジードに手を差し伸ばす。抱きしめようとするサディアに、レゼジードも片腕で抱擁《ほうよう》を返し、キスをしてくれた。

「ん……ん、ふ……んぅ」

キスの間に、もう片方の手が忙しなく、サディアの肉筒を解《ほぐ》していく。違和感に怯えると、さらに甘く唇を奪われる。

粘《ねば》ついた唾液《だえき》が糸を引くほどに舌と舌を絡ませ合った頃、唇が離れた。吸われ続けて赤く腫《は》れた唇に、レゼジードが眩しげに目を細める。

サディアはもうぐったりとなって、されるがままに身体を投げ出していた。レゼジードが横たわるサディアの足を押し広げ、みっともないほどに下肢をさらけ出させていた。

肉筒からは、もう指は抜かれている。けれど、馴らされた蕾《つぼみ》はヒクヒクと喘いで、咥えるものを求めてみせた。

自分の身体はどうなってしまったのだろう。

夢うつつにレゼジードを見上げながら、サディアは恥ずかしさにブルリと震えた。

だが、恥ずかしい状態になっているのは、サディア一人ではなかった。やさしく、レゼジードがサディアに覆いかぶさってくる。押し広げた足の狭間《はざま》に、熱いものを押し当ててくる。

「……ぁ、それ」

「わたしだ。もし、怖いなら……」

最後の躊躇いを、レゼジードが見せる。たしかにそれは、逞しく、大きかった。熱を帯びて先端をぬるませ、欲望を露《あら》わにしていた。

それを怖いなどと、サディアは思わなかった。それどころか、サディアに対してそんなふうに欲望を滾《たぎ》らせてくれたことに、歓びすらあった。

「どうぞ……そのまま、レゼジード様……僕を、あなた様の妻に……」

レゼジードの頬に掌を這わせ、想いを込めてサディアは愛しい人を求めた。

レゼジードの顔が歪む。悔恨《かいこん》と罪の意識と、そしておそらくはサディアへの憐れみに。

憐れむことなどない。自分は今、とてつもなく幸せなのだから。

「ひとつに……」

サディアは囁いた。グッと、太腿《ふともも》を押し上げられる。ひくつく蕾に、熱い欲望が触れた。

「――我が妻……。今宵、ただ今から、おまえは我が妻だ、サディア」

「あ、っ……あぁ、熱い……っ！」

灼熱《しゃくねつ》の漲《みなぎ》りが、サディアの身の内を引き裂いていく。サディアは悲鳴を上げ、しかし、全身でしっかりとレゼジードにしがみついて、彼の充溢を受け入れていった。

「サディア……くっ」

耳元で、レゼジードが呼吸を荒くして呻《うめ》く。強く腰を使いながら、サディアを満たしていく。

あぁ、自分は今、レゼジードとひとつになっているのだ。

歓喜に、サディアの目が潤んだ。涙が溢れ、零《こぼ》れ落ちる。

「レゼジード様……レゼジード様……あぁ、っ」

「んっ……サディア、もう少し……ふ」

強く突き上げられ、限界まで広げられた襞口《ひだぐち》に柔らかな草叢《くさむら》が触れる。根元まで、ついにサディアの中に挿入《はい》ったという証だった。

「あ……全部……」

「挿入った。すべて、おまえの中だ。蕩《とろ》けるように熱いな、サディアの中は。このまま……溶けてしまいそうだ」

「レゼジード様……ぁ」

額に落ちた髪をかき上げられ、唇を啄《ついば》まれた。ひとつに繋がったまま、サディアは何度も、レゼジードからの口づけを受けた。

これが、妻になるということ。

愛する人と、ひとつになるということ。

「レゼジード様……嬉しい……嬉しゅうございます……。これで……思い残すことはなにも……」

「まだだ」

今生《こんじょう》の別れを告げようとするサディアを、レゼジードが荒く遮る。死へと心を向けかけたのを叱咤《しった》するような、荒さだった。

両頬を包み込み、噛みつくように言われる。

「繋がっただけでは足りぬ。おまえの中に、わたしの胤《たね》を撒《ま》いてもいいか？　孕むほどに、おまえの中でイきたい。ともに、イきたい……サディア」

「レゼジード様……あ……あ、あ……そん、な……」

サディアの答えを待たず、レゼジードが動き出す。最奥《さいおう》まで収めた砲身《ほうしん》を引き、また突き上げ、捩《ね》じ込むように奥で腰を回し、また小刻みにサディアを穿《うが》つ。

その動きに応じるように、サディアの腰も勝手に揺れた。突き上がるように腰が上がり、中を捏《こ》ねられて身悶《みもだ》え、恥ずかしい場所が腹につくほどに反り返る。

挿れただけでは行為は終わりではない。こんな続きがあるのだ。

なんて荒々しく、獣《けもの》のような行為だろう。だが、中を抉《えぐ》られれば抉られるほど、さらにレゼジードとひとつになっていく心地がする。二つの身体がひとつに交わっていくような――。

「あ、あ、あ……レゼジードさ、ま……深い……っ、んん……っ！」

サディアは喘ぎ、陸揚《りくあ》げされた魚のように全身をくねらせた。

と、ポトリ、と頬になにかが落ちた。揺れながら目を開けると、それはレゼジードの汗だった。サディアを貪《むさぼ》りながら滴《したた》らせたものだった。

腰を使いながら、レゼジードは眉根を寄せて、荒く息を継いでいる。突き上げるごとに欲望は逞しさを増し、サディアで感じているのだとまざまざと教えてくれた。

――僕で……気持ちよくなって下さっている……。

その事実に、サディアの悦びが深まる。レゼジードが言ったとおり、孕むほどにその胤を与えられたかった。レゼジードでいっぱいになるほど、己の中に出してもらいたかった。

「下さい……レゼジード様のお胤……僕に、たくさん……あ、あ、あっ」

「サディア……っ」

サディアの求めに、また一段とレゼジードが逞しくなる。穿つ動きも力強くなった。

サディアは必死でしがみつき、レゼジードの動きに呼吸を合わせる。しだいに、どこからがレゼジードでどこまでがサディアがわからないような一体感に包まれ出す。

「あ、あ……レゼジード様……レゼジード様……」

「くっ……サディア、イくぞ……っ」

乱暴に、肉奥にレゼジードを捩じ込まれた。浮き上がるほどに突き上げられ、同時に、サディアはレゼジードの腹部で力強く花芯を擦《こす》り上げられる。

「あっ……あぁぁぁ——……っっ！」

高い悲鳴とともに、サディアは蜜を迸らせた。その中で、レゼジードも呻く。

「……うっ」

「あぅぅぅ……っっ」

熱い迸りに、サディアは続け様の絶頂を味わわされる。ブルブルと震えながら、レゼジードにしがみついた。レゼジードも、サディアを強く抱きしめてくれた。

一瞬の硬直、そして、弛緩《しかん》。

荒い息遣いが耳朶《じだ》の側で聞こえ、レゼジードの重みが身体に伸しかかる。

サディアはレゼジードの頬に、頬をすりよせた。涙が出た。

これで自分はレゼジードの妻になった。レゼジードに破瓜《はか》されて、彼の胤を呑み込む許しを与えられた。

なんという幸福。そして、なんという罪。

愛ゆえにレゼジードを求め、愛ゆえにその心を引き裂く——。

だが、そんな自分に、レゼジードはどこまでも慈悲深かった。

呼吸が整うと、サディアに甘くこうねだってくれる。

「サディア、もう一度……いいか。まだ孕むほどに、おまえの中に注いでいない」

「……喜んで。どうか溢れるほどに、この身をあなた様で満たして下さいませ」

繋がったままの肉塊が、サディアの中でむくりと鎌首をもたげる。それほどに、自分を求めてくれることが嬉しかった。欲望を感じてくれることが嬉しかった。

今宵一夜は、自分はこの人の妻――。

サディアは歓喜の渦《うず》に包まれながら、レゼジードに身を捧げた。一生で一度の、悦びだった。


溶けるほどに抱き合い、下肢を蠢《うごめ》かしながら口づける。

「ん……んぅ……っ」

舌と舌が絡み合う音、下肢と下肢が溶け合う音が室内に響く。

口づけを続けたまま小さな悲鳴を上げ、サディアは達した。身体の中で、レゼジードも弾ける。こうやって、何度欲望を放ち合ったことだろう。

「……ぅ、はぁ……はぁ……はぁ」

荒い息をつきながら、互いに抱き合ったまま、身体を解かずにいた。このままいつまでも繋がっていたかった。

――トントン。

と、控えめな音が、外から聞こえてきた。

もう時間なのだ。

サディアはぼんやりと天井を見つめた。

一夜の幸福は、終わろうとしていた。

「――少し待ってくれ」

レゼジードが声をかけ、サディアから欲望を抜く。

「……ぁ」

サディアは小さく喘ぎ、寂しさを押し殺した。繋がりを解かれた蕾が寂しい。もう、二度と交われないのだから。

後孔《こうこう》に布をあてがわれ、衣服を着せられる。なにもかもを、レゼジードはやってくれた。

それから、自身の着衣を整え、扉を開ける。

外には、ナン・タンベールが待っていた。

「そろそろ戻ったほうがいい」

ひっそりとした囁きは、なぜか湿り気を帯びていた。

眼差しを上げると、ナン・タンベールがわずかに同情を窺わせて、サディアを見ていた。

サディアの唇がうっとりと笑みを形作る。

同情などいらない。彼のおかげで、自分は望みを遂げたのだ。なにも憐れむことはない。

立ち上がるのに手を貸そうとするレゼジードに、サディアは眼差しを向けた。

にこりと微笑むと、レゼジードが動揺を見せる。この人も、サディアの運命に同情しているのだろうか。憐れんで、困惑しているのだろうか。

——本当に気の毒な目に遭《あ》うのは、レゼジード様なのに……。

サディアの身勝手さを、罪深さを、レゼジードは理解する時があるだろうか。憐れんでいるうちは、きっとわからない。

サディアの手を取るレゼジードの手を握り、サディアは立ち上がった。あんなに愛してもらったのに、悪魔はまだサディアの中にいた。

「……行こうか」

そう言ったレゼジードの背に、サディアはしがみつくように寄り添った。そして、口を開く。

「——一夜の情けを、感謝いたします。この夜を生涯の縁《よすが》に、僕はエギール殿下となります」

ビクリ、と抱きしめるレゼジードの背が強張るのを感じた。動揺が、抱きしめた掌越しに、サディアに伝わる。

——ごめんなさい、レゼジード様。

よくしてくれたのに、やさしさを与えられたのに、こんな仕打ちをごめんなさい。

甘茶色の髪、瑞々《みずみず》しい翡翠の瞳。誰より、なによりサディアの心を揺さぶった愛しい人を、見つめる。

サディアの頬に、泣くような微笑みが浮かび上がった。

たとえこの人を傷つけてでも、この人の心に永遠に住み続けたい。

涙が盛り上がり、しかし、それをサディアは零してはならないとこらえた。泣く権利など、自分にはない。愛する人を、己が我儘《わがまま》のために痛めつけるのだ。

「あなたの妻となれて、幸せでした。これ以上の幸福はありません」

一旦、そこで言葉を切り、サディアはゆっくりと次の言葉を紡いだ。罪の言葉だった。サディアの中の悪魔の言葉だった。だが、真実の言葉でもあった。レゼジードを、恋い慕う言葉だった。

うっとりと、サディアはそれを口にした。

「――お慕いしております、レゼジード様」

「サディア、それは……」

レゼジードの身体がぴくりと震える。驚きに表情を失っている顔を、サディアは背後から抱きしめながら、うっとりと見上げた。

傷が見える。レゼジードの心についた傷が。

――ああ、これでこの人の心の一部は、ずっと僕のものだ。

そんな思いが込み上げ、笑いたくなった。

自分はもう頭がおかしくなっているに違いない。恋に狂って、気が変になっている。

しかし、サディアはかまわなかった。

微笑んで、重ねて告げる。

「お慕いしておりました。ずっと――」

目を見開き、レゼジードは衝撃に耐えている。

サディアはそれを、うっとりと見つめ続けた。


そのあと、レゼジードが王宮を辞《じ》してからも、すべてを見ていたはずのナン・タンベールはなにも言わなかった。

黙って、サディアの湯浴《ゆあ》みを手伝い、身体からレゼジードとの情交の痕《あと》を消していく。

湯浴みが終わって、エギールの衣服を身に着けたサディアはもうサディアではなかった。

エギールの私室に戻り、捕縛の兵がやって来るのをじっと待つ。

兵士が来たのは、昼を少し過ぎた頃だった。予想よりも若干時間がかかっていた。

兵の足音が聞こえてきてようやく、ナン・タンベールが口を開いた。

「――君の望みは、わたしが叶えよう。リセル伯爵はけして君を忘れない。忘れさせない」

誓う言葉に、サディアは黙って微笑んだ。

§第六章

——いつからだ……？

王宮を辞して、馬車の中でレゼジードは髪をかき上げて自問自答していた。

いつから、サディアはレゼジードを恋い慕うようになっていた。自分はサディアに、残酷な恋を仕掛けていたのか。

サディアとの日々を、レゼジードは思い起こす。初めて対面した時の衝撃。どんな苦難も従容と受け入れたサディアの微笑み。それは、己がエギールの身代わりとわかったあとも、変わらなかった。

そんなサディアに、自分はなにをした？

やさしくしたいと思った。憐れに感じて、できるだけよくしてやりたいと思った。

だが、とレゼジードはかき上げた髪を握りしめた。

どれだけ心を尽くしたとしても、結局はエギールの身代わりとするためにしたにすぎない。究極の瞬間、レゼジードが選ぶのは、サディアの命ではなくエギールだった。

事実、今後の尋問、あるいは拷問でサディアが命を落とすかもしれないのに、自分はサディアを身代わりに差し出した。

サディアは拷問では命を落とさなくても、そのあとの事態の展開によっては処刑されるかもしれない。

いずれにしろ、国王暗殺未遂で捕縛されるサディアに、無事の二文字はなかった。

そんな立場に落とし込む自分の与えた、やさしさ。

「どうして……わたしを慕うようになったのだ、サディア……！」

こんなにも残酷な自分を、なぜ、恋い慕った。

サディアの心の動きが無残だった。こんな下心付きのやさしさにすら心動かされてしまう彼が、憐れだった。

そんなサディアが、どんな思いで、最後の情けを乞うたのか。色事《いろごと》などなにも知らないだろう少年が、必死で身を捧げてきた記憶が、レゼジードを苦しめる。身体を繋げて、嬉しいと涙ぐんだサディアに、胸が突き刺される。

それなのに、サディアはもうレゼジードには手の届かぬ場所に連れ去られる。おそらくはもう二度と、彼のあの静かな微笑みを見ることはできない。

そして、レゼジードにはその運命を止めることもできなかった。

ナ・クラティスのために、エギールを失うわけにはいかない。

ランジスでは、これから昇りつめようとするナ・クラティスを、逆に滅びに導いてしまう。

ナ・クラティスは、さらに大国となれる力を秘めた国であった。いずれは東大陸一帯に覇を唱《とな》え、偉大な帝国となることも可能な国であった。

その指導者に、エギールならばなれる。

だからこそ、レゼジードはエギールについたのだ。ナ・クラティスのために。

それを、たかだか身代わりの少年のために台無しにすることなどできない。その憐れな運命に心揺るがせ、エギールを危険に晒《さら》すことはできなかった。

サディアとて、それはわかっている。だからこそ、大人しく身代わりの役を引き受けてくれたのだ。

「……最初から、こうすると決めていたではないか」

額を押さえ、レゼジードは天を仰いで自身に言い聞かせた。思いもかけないサディアの告白に、動揺している自分が不様《ぶざま》だった。

サディアは覚悟をもって、むごい役目を引き受けてくれた。自分も、同じ覚悟をもって、己のした事実を受け止めなくてはならない。

胸の痛みも、罪の意識も、なにもかもレゼジード自身の行為から生まれたものだ。そうなるとわかって、サディアをエギールの身代わりとしてジュムナから連れてきたのだ。

だが、よもやサディアがレゼジードを慕うことがあろうとは。

『レゼジード様……嬉しい……嬉しゅうございます……』

ひとつに繋がり、目を潤ませてそう言ってきたサディアが脳裏に浮かび上がる。胸を打つ、けな気な歓喜だった。

かりそめにしかすぎない妻となる夜を、あれほどに喜ぶサディアに胸が痛む。

——しっかりしろ。

レゼジードは自身を叱咤した。こんなことで、心揺らがせてはならない。

強引に、レゼジードは自身の内の感傷を振り払った。後悔をしても遅い。もはや、賽は投げられたのだ。

ナン・タンベールと入れ替わるように自身の邸宅に戻り、エギールの前に出たレゼジードは、内心の苦しみを押し隠し、事態の推移を見守った。


エギールとなったサディアは即日、王族としての身分を剝奪《はくだつ》され、国王暗殺を謀った逆賊として、暗い地下牢に監禁された。

日も差さず、じっとりと湿った地下牢は、血の病に冒されたサディアから恐ろしい勢いで体力を奪っていった。

三日と経たないうちに微熱を発するようになり、いやな咳が復活する。

しかし、サディアは弱っていく身体と反比例するように毅然として顔を上げ、誇り高い態度で容疑を否認した。

「わたしがやっていないということは、神々と父上だけがご存知だ」

きっぱりと言い切るその姿は、エギールそのままであった。

その威厳と気迫に、取り調べの官吏も気圧《けお》される。サディアは渾身の力を振り絞って、エギールを演じた。

望んだものは手に入った。去り際のレゼジードの顔を見れば、彼の中にサディアという存在が苦悩とともに深く刻み込まれたことはわかっていた。

すべて、残酷で、身勝手なサディアがしたことだ。

その罪深さに、サディアのよき部分は怖れ慄《おのの》いたが、泣きわめく幼子のようにレゼジードを求める部分は喜んでいた。

それに、どんな形であれ、愛する人と身体を繋げられたという記憶は、サディアを満ち足りた気持ちにさせていた。身体の一番深い部分でレゼジードとひとつになれたことは、やはりどう言おうと幸せであった。

自分はなんと身勝手で酷薄《こくはく》な人間だったのだろう。サディア自身、自分の中にこんな恐ろしい自分がいるなど、知らなかった。人を想う心が、こんなにもどす黒い感情を自分の中に生むだなんて。

——お許し下さい、レゼジード様……。

だから、エギールの身代わりとなり、痛めつけられるのは、罪の報いでもあった。

必ず、最後までエギールを演じきってみせる。

それがサディアの償《つぐな》いであり、レゼジードへの愛だった。

「あぁぁぁぁぁ……っっ！」

鞭《むち》打たれ、しまいには焼け火箸《ひばし》を押しつけられる。しかし、サディアは歯を食いしばり、頑《がん》として自白を拒んだ。

エギールならば屈しない。

エギールならば矜持を守る。

「この不逞《ふてい》の輩《やから》め！」

「あうっ……っっ！」

傷口を爪で抉られる。痛みが脳天を走ったが、それにもサディアは耐えた。

自分はエギール。エギールならば、やってもいないことで、拷問ごときに屈し、偽りの自白などしない。

通常ならばのた打ち回るほどの苦痛を、サディアはレゼジードを想うことで耐えた。耐えることが、レゼジードへの贖罪だった。同時に、耐え切ることで、サディアの記憶はいっそう鮮明に、レゼジードの中に残ることができる。

朦朧《もうろう》とする意識の中、サディアはただそれだけを思って拷問を受け続けた。

「サディアはまだ耐えているか」

エギールの問いに、レゼジードは頷いた。

「拷問を受けているようですが、自白はしておりません」

「そうか。……見事だな」

王の容体は依然として予断を許さず、事態は混沌《こんとん》としたまま時だけが過ぎている。

レゼジードはナン・タンベールとともに、エギールの無実を晴らすために動いていたが、自白した侍女以上の証拠はいまだ見つからず、焦りを深めていた。

ランジスは、サディアを一般人も収監されている粗末《そまつ》な牢獄に入れていた。本来ならば、あり得ない処置だ。王族や貴族には、それ専用の牢獄が用意されるのが通常だったからだ。

だが、ことが国王暗殺未遂ということもあって、厳しい措置をランジスに押し切られていた。

むろん、エギール派と目《もく》されているレゼジードやナン・タンベールの意見は通らない。それどころか、これを機会に自派に下るよう、レゼジードなどはランジス一派に秋波《しゅうは》を送られていた。それだけ、ナ・クラティス軍を統括する七将軍の一柱を担っている立場が、重要視されているのだろう。

忌々しいことだ。

とはいえ、サディアのおかげで、エギールを守ることはできている。おかげで、しばしの心の猶予が、レゼジードたちには与えられていた。

ただ、捕らえられているサディアを思うと、レゼジードの心中は波打つ。どのような拷問を受けているのか。体調はどうなのか。今さら案じることは偽善でしかないと知りながら、気にかかってならなかった。

「父上の容体はどうだ？」

エギールに訊ねられ、レゼジードはハッとして意識を王子に戻した。

「いまだ、意識は戻られていないとのことです。ナン・タンベールが、王の治療をしている神官にひそかに通じて様子を窺っているようですが、状況は厳しいと」

「父上さえ意識がお戻りなら、今少し冷静な調査をお願いできるのだが……」

エギールが顎に指を当て、ため息混じりに洩らす。

王子の言うとおり、ランジスさえ主導権を握っていなければ、もっと多角的な捜査を行うことができた。

そもそも、現時点でエギールが父王を弑《しい》そうとする利点がない。

王はエギールを気に入っていたし、このままいけば遠からずエギールが王太子として立つ可能性が高かった。

不利だったのは、むしろランジスのほうで、侍女の自白さえなければ、疑われたのはあるいはランジスだったかもしれないほどだ。

エギールが捕らえられた理由も、一重《ひとえ》に実行犯の侍女が自白したためだ。

だが、その侍女も自白後死亡しており、真偽をただすことはもはや不可能となっている。

なにからなにまで、ランジスに有利にことは運んでいた。

だからこそ、王の意識がありさえすれば、その不自然さに気づいてもらえたはずだ。

しかし、王の意識は戻らないままだ。今は、レゼジードたちで事態を打開しなくてはならなかった。

「殿下、ただ今例の侍女の身元を調べております。紹介状によれば、元はエペオル公爵家に仕えていたとのこと。まずはそこから、調べております」

「エペオル公爵といえば、娘を兄上の夫人の一人にしていたな。たしか、王子を一人産んでいたと思うが」

エギールの記憶力はたしかだ。ランジスには数十人に及ぶ夫人、愛妾《あいしょう》がいたが、その一人一人、果ては子にいたるまで記憶していた。

レゼジードは頷いた。

「はい、殿下。エペオル公爵は、ランジス殿下を擁立する一人です。以前から、王の外征を諌めている和平派です」

「和平派、か。ずいぶんと欲の少ないことだ」

そう言うと、エギールがフッと笑う。サディアと同じ顔をしていながら、サディアならけして浮かべることのない、野太い笑みだった。獅子の野心を秘めた微笑だった。

「沿岸諸王国を統一しただけで満足とは、所詮《しょせん》は公爵止まりの男だな。父上もわたしも、そんな小さなものでは満足していないというのに」

「御意《ぎょい》。なればこそ、ランジス殿下を始めとする方々には、エギール殿下は目障《めざわ》りなのでしょう」

同意したレゼジードの耳に、控え目に扉を叩く音が聞こえた。立ち上がり、誰何《すいか》すると、侍女の件についての調査結果を、事情を知る従僕が持ってくる。

受け取ったレゼジードは、素早くそれに目を通した。

「やはり……」

と、呟く。

振り返ると、エギールが黙って、レゼジードを見上げていた。ひとつ頷き、話すよう促《うなが》される。

レゼジードは席に戻った。

「エペオル公爵の紹介状はありましたが、公爵家にはその侍女の記録はありませんでした。公爵も、そのような侍女を紹介した覚えはないと主張しているそうです。誰かが、自分を利用した、と」

「なるほど。大方、ランジス兄上を陥れるために、わたしが公爵の名を利用して侍女を送り込んだのだという筋書きなのだろう。で、実際のところはどうなのだ」

さらなる問いかけに、レゼジードは続きを語る。

「公爵家に仕える家士《かし》で、最近事故死した者がおります。どうやら、例の侍女はその者の娘のようです。調べによると、その家士にはずいぶん賭《か》け事の借財があったとか。そのために、幾らか公爵家の資材を横流ししたことがあるようです」

「つまり、その件を盾に娘を脅《おど》したというわけか。むごいことを」

エギールが眉をひそめた。

しかし、このことも、家士までもが事故死として始末された以上、レゼジードたちには証拠として扱えない。死人に口なしだった。

いったいどうしたら、エギールの無実を証明することができる。

レゼジードは眉根を寄せた。無実の証を立てられれば、サディアも救うことができる。

しかし、どうやって。

「——あの者が心配であろう、伯爵」

焦りを感じつつ書簡《しょかん》を凝視していたレゼジードに、エギールが静かに語りかけてきた。

レゼジードはハッとして、主を見返した。

エギールに余計な気遣いをさせてはならない。サディアとのことは、レゼジード個人の問題だ。

「いえ、あの者も覚悟はできておりました。どうぞ、殿下はお案じ召されますな」

「わたしの代わりに、むごい目に遭っているというのに？　いいや、その事実から目を背けることはできないよ、伯爵。それに……」

エギールは小さくため息をついて、続けた。サディアと同じ金の縁取りのある蒼い瞳に、苦笑が浮かんでいる。

「そんなに苦しそうな様子の君は、初めて見る。伯爵も、あの者のことを憎からず思っていたのではないのか？　だとしたら、わたしは二重にすまないことをしたことになる」

「いいえ！」

反射的に、レゼジードは声を荒らげて否定した。憎からずなどと、とんでもない。それは誤解だ。たしかに自分はサディアを可愛がってはきたが、それはあくまでも不憫《ふびん》な少年に対する憐れみだ。恋い慕うような感情ではない。

そのことを、不器用に説明する。

「あれに同情する気持ちはありましたが、しかし、憎からずなど……！　育ちのこともあり、憐れには思っていましたが……」

「憐れ、か。それはずいぶん、あの者も見くびられたことだ」

エギールが軽く首を左右に振る。やや呆れたようなその様子に、レゼジードは唇を引き結んだ。

見くびるとはどういう意味だ。自分は断じて、サディアを馬鹿にしたことはない。憐れみと、それから罪の意識はあったが、けして彼を下に見た覚えはなかった。

エギールは揶揄するように片眉を上げて、レゼジードを見つめてきた。

「見くびっているよ、伯爵。あの者は――サディアは、けして憐れまれるだけの可哀想な子ではない。最後の最後の時、体当たりで、君に思いのたけをぶつけてきた。懸命に、君の鈍い心に己が存在を刻みつけてきた。だからこそ、君もそうやって、いまだにため息をついたり、苦しんだりしているのだろう？　サディアのことが頭から離れないのだろう。すべてあの子が自分の意思で、自分の生を輝かせるためにやったことだ。そんな強い気持ちのある彼は、けして憐れむべきか弱い存在ではない。そのことを、君は今少し考えてみるべきではないのかな」

「考えてみるなど……」

手厳しい諫言《かんげん》に、レゼジードは力なく呟いた。エギールの言葉に、困惑していた。

サディアが強い？　自分の意思で、自分の生を輝かせてきた？

どれも、レゼジードが思ってもみなかったサディア像だった。

だが、そんな脳裏に、あの夜のサディアの姿が浮かび上がる。真っ直ぐにレゼジードを見つめて、慕っていると言い切った彼が。すべてをレゼジードにぶつけて、悔いなしと微笑んだ彼が。

エギールの前にいることも忘れ、レゼジードは髪をかき上げ、床を見つめた。様々なサディアが、レゼジードの脳裏に浮かんでは消える。

しかし、とレゼジードは唇を噛みしめた。今さら本当のサディアを知って、どうなる。エギールの無実を証明しない限り、サディアはもう助けられない。厳しい責めから守ることも、今の状態ではできなかった。

どれだけサディアがレゼジードを恋い慕ったところで、結局彼は自分たちの望みのために死んでいくのだ。

なにもかも、今さらだった。

居住まいを正し、レゼジードはエギールに一礼した。

「——引き続き、ランジス殿下の周辺を調査いたします。必ず、どこかに突破口が見つかるはずです。

では」

これ以上、甲斐のない会話を続けても意味がない。今は、エギールの無実を明かすことだけ、考えるべきだ。

話を打ち切るように立ち上がったレゼジードに、エギールは無言だ。それ以上、サディアについて語ることなく、退室を許した。

もやもやするものだけが、レゼジードの中に残った。

続いた調査に、レゼジードの焦りは深まるばかりだった。レゼジードがジュムナ王国に遠征している間に、ランジス一派は軍の中にまで手を伸ばして、有力者の幾人も自派に引き込んでいた。宮廷内にも、そうとう金をばらまいたり、あるいはランジス即位後の昇叙《しょうじょ》等を約束して、味方を作っていた。

しかもそれに、ネイバ王国やオスピーナ公国などの近隣諸国からの力も借りていた。

どれだけ周到に、ここまでの準備を整えてきたのか。

それだけの準備をして、エギールを罠《わな》に掛けたのだ。

ナン・タンベールからも、気鬱な知らせばかりが届く。王宮内の彼の行動も、ランジス一派によって相当掣肘《せいちゅう》されているようだった。王の容体が把握できるのが、せいぜいといったところだ。

ただ、ランジス側からもなにか慌ただしい様子が伝わってきている。不測の事態でも起こったのか、捕らえたサディアへの尋問にいっそうの厳しさが増したとの報告があった。

「サディア……」

自邸の書斎で、レゼジードは髪をかき混ぜて呻いた。

度重《たび》なる尋問に、彼の身体は無事だろうか。せっかく小康《しょうこう》状態を保ちつつあった病は、再び彼の身体を苦しめていないだろうか。

愚問《ぐもん》だった。尋問も病も、サディアを苦しめないわけがない。

それは彼も覚悟していたことであったし、レゼジードも承知のことであった。

憐れな……と思いかけて、それを握り潰すようにエギールの言葉が脳裏に響く。

――彼は、けして憐れむべきか弱い存在ではない。

運命に流されるがままだったサディアが、なにもかもをただ従容と受け入れるのみだったサディアが、最後の瞬間に迸らせた命の輝き――。

そうだ、あれは。あの血を吐くような告白は、サディアの命の輝きだった、とレゼジードは呻きながら頭を抱える。

――お慕いしておりました、ずっと。

サディアらしい、やさしい、柔らかな告白であったが、そこにこもる心情は血を吐くような激烈な叫びだった。

サディアは助けられない。自分の助けは、きっと間に合わないだろう。

だが、とレゼジードはようやくエギールの言いたかったことを理解する。

同情や憐れみ、罪の意識でサディアを見るのは、誤りだ。それは、彼の必死さに対する侮辱《ぶじょく》に他ならない。

たとえ、彼を救うことができないとしても、自分はサディアと向き合うべきであった。彼の、心の底からの感情の発露《はつろ》に、真剣に応えるべきだった。

自分はサディアをどう思うのか、レゼジードは自身に問いかけた。同情も憐れみも排除して、サディア自身になにを感じるのか。

それを見つめるのが、自分の務めだ。一生の、務めになるだろう。

レゼジードは、ランジスたちがなにを慌てているのか、それを探るための密偵を放つ。

一方で、サディアを訪ねる手配をした。サディアをこのまま死なせることになるとしても、自分の今の思いを彼に伝えるのが義務だと思った。

彼の想いはちゃんと受け取ったと、そのことだけでもサディアに伝えるべきだと思った。

あの時、懸命に想いを伝えたサディアに、レゼジードはなにも言えなかったから。


数日後、牢番の買収が成功し、レゼジードは夜陰《やいん》に紛《まぎ》れて、ひそかにサディアが収監されている牢獄に向かった。

§第七章

勢いよく水をかけられる。

サディアは意識を覚醒《かくせい》させた。いつの間にか気を失っていたようだった。

腫れ上がった目蓋を開く。

「いい格好だな、エギール」

目の前に、貴族的な細面《ほそおもて》の顔をした男が立っていた。贅沢な生活をしているのだろう。そろそろ贅肉がつき出している。しかしまだ、充分に整った容貌を男はしていた。

「……兄上」

掠《かす》れた声で、サディアは男を呼んだ。ナン・タンベールの見せてくれた肖像画は正確で、ひと目で男が誰か知ることができた。

リオゾン大公ランジス・フェルメイ・レイ・ナ・クラティス。

エギールの同腹の兄だ。そして、おそらくエギールを陥れた張本人でもある。

エギールをよく知る相手でもある男を前に、サディアは気を取り直して、ランジスを見つめた。ここが正念場だと思った。

見破られたら、ここまでの苦労が水の泡《あわ》だ。

サディアは苦しい呼吸をなんとか整えた。

その苦心を、ランジスが笑っている。

「どうした。いつもの勢いがないではないか、エギール。さすがのおまえも、取り調べはきつかったようだな、ははは」

実の兄とも思えない言い草だ。たとえ実の兄弟であっても、王位を賭けてとなると他人同様になるのだろうか。

「エギール、いいかげん白状したらどうだ。父上にあれほど可愛がられておきながら、その恩を仇《あだ》で返すなど、子としての孝心はおまえにはないのか？　恐ろしい弟だな」

嘲《あざけ》り喋《しゃべ》るランジスを、サディアはじっと見つめた。余計なことをぽろぽろ喋ればボロが出る。それよりも、誇りある沈黙のほうが王子の高貴さを損なわない、とサディアは思った。

「……なんだ、その目は。生意気な奴め！」

「……あっ」

ランジスが思い切り、サディアの頬を叩く。

「おまえの命はわたしの手の中にあるんだぞ！　命が惜しくはないのか！」

わめくランジスを、サディアは黙って見返した。

無言のサディアにランジスが苛立ちを募らせていく。みじめな形《なり》ながら、王子としての誇りを失っていない弟の姿に、怒りをかき立てられていくようだった。

だが、サディアはランジスの望みを叶える気はない。本物のエギールならば、命惜しさに兄に縋《すが》りつくような真似はしないはずだ。

サディアはエギールだった。

「――なんだその目はぁっ！」

「くっ……っ」

がくがくと揺さぶられ、殴られる。鈍い血の味が口中に広がる。

ランジスは、解消されない苛立ちを、暴力の形でサディアにぶつけてきた。

「このっ、このっ、このっ！　――おまえはいつもそうだ。俺はおまえの兄だぞ。第一王妃の長子《ちょうし》だ。それをおまえは、敬《うやま》うということがないのか！」

サディアはめちゃくちゃに殴られた。頬が腫れ、目蓋が腫れる。それらを黙って、サディアは耐える。

やがて、ようやく殴り疲れたのか、ランジスが拳を離した。

「おまえはいつも利口ぶっていたがどうだ。最後に笑うのはわたしだろう？　みじめに牢に囚《とら》われて、官吏風情に鞭打たれて、ははは。誰もおまえを助けに来ない。おまえにべったりだったリセル伯爵も、あの教育係の神官も、どうせおまえを助けられるものか」

言い放って、ランジスが哄笑を上げる。目障りな弟に対する復讐に酔い、小鼻を膨《ふく》らませてせせら笑っているランジスは、目を覆うばかりに醜かった。

たしかに、レゼジードがこんな男を主に選ぶわけがない。

サディアは、レゼジードの選択の正しさに同意した。

そんな内心も知らず、優位に立った愉悦でいっぱいの様子で、ランジスが顔を近づけてくる。

「エギール、可愛い弟にやさしい兄が情けをかけてやるぞ。父上のお命を狙ったと言うんだ。そうしたら、命ばかりは助けてやる」

わざとらしく猫なで声で言ってくるランジスに、サディアはふっと笑みを浮かべてみせた。エギールならば、屈しない。

「兄上、エギールは……嘘は申せません。真実は……兄上が一番よく、ご存知でしょう」

「エギール、このっ！」

ランジスの握りしめた拳が、ぶるぶると震えた。

また、ひどく殴られるかもしれない。しかし、負けない。

サディアはランジスをじっと睨んだ。

ランジスは怒りを静めるように大きく息を吸い、吐き出す。自分が絶対の優位にいることを、思い出したのだろう。これ以上殴らずとも、自分はエギールに勝っていると。

「……よくわかった。おまえは大嘘つきの謀反人《むほんにん》だ。処刑してやる。自害は許さん。公開広場で、その首を切り落としてやるわっ！」

言い捨てて、ランジスが踵《きびす》を返す。

見下げ果てた兄だった。

だが、地下牢の頑丈《がんじょう》な扉に手をかけ、ランジスが出て行こうとするところで、サディアは彼に声をかけた。

「兄上……！」

ランジスが目を輝かせて振り返る。

愚かな期待だ。

サディアはランジスの目にしっかりと視線を合わせて、口を開いた。

「兄上の御心が……安らかならんこと……を……祈ります。真実が……兄上の、敵に……」

「うるさいっ、黙れっ！」

大きな音を立てて、扉が閉められた。

サディアを収監している部屋から荒々しく出てくるランジスを、レゼジードは素早く避け、物陰に隠れて、彼をやり過ごした。

今の今まで、扉の覗き窓から見ていた光景に、吐き気がしそうだ。

レゼジードは口元を手で覆った。サディアはひどい有り様であった。

初めて会った時にも、脂じみた髪をして、汗に汚れた寝間着を着たむさ苦しい姿だったが、今はもっとひどかった。

服は捕らえられた時のままの上質なものだったが、血で汚れている。鞭打たれ、殴られた痕跡《こんせき》が身体のあちこちに見られた。

そこに、ランジスからの暴力だ。あれほどの日々を、サディアは耐えてきたのか。

「――伯爵様、囚人に会いたいのなら、早くしてくだせぇ。またいつ、ランジス殿下がお戻りになられるか、わからないですぜ」

「わかった。面倒をかけて、すまないな」

そうして、しばし席を外しているように頼む。牢番は多少ごねたが、手間賃を上乗せすることで話がついた。

念のために、サディアとエギールの入れ替わりを知っている従者を見張りに立て、レゼジードは牢内に入った。

扉の軋《きし》む音に、サディアが気力を振り絞った様子で、毅然として顔を上げる。これほどに痛めつけられてもなおエギールを演じきろうとする彼に、レゼジードは懸命に歯を食いしばって、激情をこらえた。

胸に憐れみが込み上げたが、それも押し殺す。同情など、サディアは求めていない。いや、そんなものは侮辱でしかないだろう。

「サディア……」

夜の闇でよく見えないだろう彼のために、レゼジードは一声かけた。さらに、持ち込んだ蠟燭《ろうそく》で、自身を照らす。

ハッと、サディアが息を呑む音が聞こえた。

「レ……ゼジート……様……」

サディアの瞳が潤み、切なげな色が浮かび上がる。だがそれを、なにを思ってかサディアは、グッと呑み込んで消した。

代わりに、気遣う言葉を述べる。

「こんなところに、なにをしにいらしたのですか……。見つかっては危険です。それとも、なにかあったのですか？　緊急に、僕に知らせるべきことでも生じて……」

「違う」

言い募るサディアを、レゼジードは遮った。こんなに痛めつけられても、まだレゼジードたちを気遣うサディアが、痛々しかった。

だが、こんなサディアに、なにを言ったらいいのだろう。想いを受け止めるためにここに来たというのに、レゼジードは告げる言葉を失った。喉を、重い塊が塞いだ。

「サディア……」

ただそれだけ呻き、粗末な寝台に力なく座っているサディアの手を取る。

サディアは、しかし、強かった。自分のほうが傷ついているのに、項垂れるレゼジードの手を逆にしっかりと握り返してくる。

「……大丈夫です。最後まで、ちゃんとエギール殿下になります。心配されずとも大丈夫ですから、レゼジード様」

やさしい、柔らかい声だった。自分のほうがはるかに痛めつけられているのに、レゼジードを励ます声だった。

自分は、今までサディアのなにを見ていたのだろう。

か弱く、不幸な少年。だから、やさしくしてやりたい。多少なりとも、楽しく時を過ごさせてやりたい。

そんなものは、レゼジードの傲慢であった。

たとえ弱々しく、運命に流されるままのように見えても、サディアは生きている。精一杯、命の花を咲かせようとしている。

その花が、レゼジードの目に鮮やかに映った。

自分でも、なにをしようとしているのかわからぬまま、蠟燭を床に置き、レゼジードはサディアを抱きしめていた。たまらなく、サディアが愛しかった。

「レ、レゼジード様……？」

サディアが困惑したように、レゼジードの名を呼ぶ。その細い身体、すえた血の臭気が漂う全身を、レゼジードは強く抱きしめていた。

「サディア……あの時のおまえに、わたしはなにも答えていなかった。だから、答えるために、ここに来た」

最初の時の、驚いたようにレゼジードを見上げるサディア。

レゼジードのからかいに、頬を、項を赤く染めるサディア。

信頼しきった眼差しを向けるサディア。

そして、自分が救われた真の理由を知り、失望の色を静かに押し殺したサディア。

いつの瞬間のサディアも、ただ受け身のように見えた。どんなことも、大人しく受け入れるだけの少年に見えた。

だが、そうではない。サディアの中には強い芯があり、その芯が、サディアに受け入れる強さをもたらしていた。

それは、エギールの獅子の輝きとも、ナン・タンベールの知の輝きとも、またレゼジードの猛々《たけだけ》しい輝きとも違う、深く静かな輝きだった。血の病に冒されたサディアには、そういう輝きしか、手にすることはできなかったのだろう。

それを憐れとか、気の毒とか、レゼジードは思わなかった。それらを含めてすべてが、サディアだと思った。

そして今、そういうサディアだから、レゼジードは愛しく感じている。胸苦しいほど、愛おしいと感じさせられていた。

なぜ、今なのだ。

レゼジードは自分の鈍さを呪《のろ》った。サディアの本質にまるで気づくことなく、わかった時には彼はもう——いや、レゼジード自身の手で死へと追い込まれている。

最初に彼を使えると思った時から、レゼジードが彼の死神となったのだ。

そんな彼に、自分はなにを言おうとしている。今さら、愛しいと言う権利があるのか。

だが、自分はサディアと真に向き合うために、ここに来たのではなかったか。彼の想いをしっかりと受け止めると決めて、会いに来たのではなかったか。

逃げてはいけない。自分自身の感情から目を背けるのは、なにもかもをぶつけてくれたサディアに失礼だ。

サディアを強く抱きしめながら、レゼジードは覚悟を定めた。

「サディア、許してほしいとは言わない。だが、わたしは……どれだけ鈍かったことか。こうなるまで、なぜ、気づこうとしなかったのか」

「レゼジード様、なにを……？」

サディアが訝しそうに、レゼジードの背に縋りついてくる。その指は震えていた。痛みからか、それとも、レゼジードがなにを告げようとしているのかを恐れてか。

レゼジードは、見上げてくるサディアを見つめ返した。しっかりと、その金に縁取られた蒼い瞳を見つめる。

そうして、伝わることを祈って、続けた。

「あの時、おまえは仮初《かりそ》めの妻だと思っただろうが、違う。あの時にはわからなかったが、今はわかっている。おまえは、仮初めの妻ではない。真実、わたしの妻だ。おまえこそが、わたしの妻だ」

「……レゼジード様」

サディアが、意味を理解しかねるとでもいうふうに目を瞬く。戸惑いが、顔中に広がっていた。

そうだろう。俄《にわ》かには、なにを言われたかわからないはずだ。

レゼジード自身も、こうなることを予期していなかった。サディアに、自分がこんな感情を抱くことを。

サディアの身体を抱き、レゼジードはもう片方の手でその頬を包んだ。今さらながらの告白に百の責めを、万の後悔を感じながら、レゼジードはサディアの心に報いるために、告げる。

「おまえは愛しい、我が妻だ」

許してほしいという言葉は、胸の奥に呑み込んだ。今気づいても、もうサディアを救うことはできない。レゼジードは彼を犠牲に差し出し、のっぴきならないところまで事態を進めてしまった。

それゆえに、許しを乞うことはできない。ただ、サディアの想いに応えることしかできなかった。

それが正直な、レゼジードの気持ちであるがゆえに。

サディアの目が潤む。信じられないと小さく首を振るうちに、それは滴となって、汚れた頰に流れ落ちていった。胸を打つ涙だった。

どうしようもなくなにも言えず、レゼジードはそれに唇を寄せる。汗と血の味のするサディアの頰から、涙を吸い取った。

「レゼジード様……あぁ、そんな……」

悲痛な、サディアの呻き。

自分の告白は、サディアをさらにつらくさせるものだったろうか。またもや自分は、鈍感なむごい仕打ちをしてしまったのだろうか。

自分に、ナン・タンベールやエギールのような、繊細な気遣いの心があったら、とレゼジードは悔やんだ。武《ぶ》に囲まれて育ったレゼジードに、直截《ちょくさい》さはあっても、細やかさはない。

今までそれに不足を感じてはいなかったが、今この時、その不足がレゼジードを責める。

どうしたらよいかわからず、といってサディアを離すこともできず、レゼジードは抱きしめたサディアの髪に頰を埋《うず》めた。

サディアは、啜り泣いていた。

「すまない……すまない、サディア」

レゼジードはただそう謝罪することしかできない。自分の不器用さが、ほとほと憎かった。

サディアはいやいやをするように、レゼジードの腕の中で小さく首を左右に振っている。

抱擁を解いたほうがいいのだろうか。やはり、自分は言ってはいけないことを口にしてしまったのか。

レゼジードはサディアを抱く腕を、ぎこちなく離そうとした。

しかし——。


離れようとした腕を、サディアは咄嗟に摑んでいた。

レゼジードが驚いたように、サディアを見つめる。そのやさしい翡翠の瞳は、恐る恐るといった眼差しで、サディアに向けられていた。

まるで、サディアの意を恐れるような——。

いいや、恐れるべきなのは、サディアのほうだ。まさか、レゼジードがこんな答えを返してくるなんて、思ってもいなかった。そんな望みはあまりに不遜すぎて、あり得なさすぎて、夢見たことすらなかった。

それなのに、レゼジードがよもや、サディアのために牢獄まで忍んでくれ、その上、こんな告白までしてくれたことに、サディアは怖れ慄いていた。

自分はなんということをしてしまったのだろう。

その恐怖が、サディアを怯えさせていた。

「サディア……大丈夫か？　わたしは、またおまえを傷つけてしまったのだろうか……すまない」

サディアに腕を取られたまま、レゼジードがそんなふうに謝ってくる。

謝るべきなのは、サディアのほうだった。いさぎよく役目を果たそうとしなかった、サディアこそが悪い。

「いいえ……いいえ、レゼジード様……レゼジード様は悪くありません。僕が……僕が、あなた様を……」

涙がまた、頬を伝って流れた。レゼジードがおずおずと、その涙を拭《ぬぐ》ってくれる。慰《なぐさ》めるように、頬を包んでくれる。

どうして自分は、こんなにもやさしい人にあんなひどい仕打ちができたのだろう。なぜ悪魔の囁きに耳を貸してしまったのだろう。

サディアは悔いた。レゼジードの目がエギールとの未来しか見ていないことが哀しくて、自分という存在が忘れられていくだろうことがつらくて、つい悪魔のそそのかしに乗ってしまった。けれど、それがこんな結果を生むなんて、考えてもいなかった。レゼジードを、こんなに苦しめることになるなんて。

「申し訳ありません……っ」

サディアはレゼジードを押しやり、ベッドに手をついて謝罪した。

「僕は……僕は、あなた様に忘れられたくなくて……あなた様の心に、ほんの少しでも残りたくて……あんなことを……っ」

「そ……れは……」

レゼジードの声が強張る。もしもっと明るければ、彼の顔が青褪めているのがわかっただろう。

サディアはただただ恐懼《きょうく》して、頭を下げ続けた。

レゼジードの問う声が震えて聞こえる。

「それは……本当は……わたしのことなど……なんとも思っていなかった、ということか？　妻にというのは……偽りであったと……」

「いえ……いいえ……」

あまりに呆然としたレゼジードの声に、サディアは弾かれたように顔を上げた。

それは違う。想いは本物だ。

「お慕いしております。それは本当です。あなた様は、僕の人生に光を下さった方……。身代わりにすぎない僕など、冷たく打ち捨てておかれても当然なのに、やさしくして下さった大切なお方……。でも、あの時の僕は……あなたを傷つけたかった。あなたが……！　エギール殿下との輝かしい未来しか見ていないあなたが恨めしくて……苦しくて……つらくて……忘れられたくない。忘れられたくなかった。たとえ傷となっても、あなたの中に僕という存在を刻み込みたかった。それで……あんなことを……」

それ以上はもう口にできず、サディアはベッドに泣き伏した。自分で自分が情けなかった。それなのに、そんな自分をレゼジードが愛しいと言ってくれたことが、申し訳なかった。

消えてしまいたい。今すぐ、レゼジードの目の前から消えてしまいたい。

だが、ひれ伏したサディアの耳に聞こえたのは、怒りでも、呆れでもなかった。笑声《しょうせい》だった。低く、ホッとしたような笑い声だった。

「そうか……わたしに忘れられたくなかったか。それで、あんな無茶をしたのか。無茶なことを……本当に、馬鹿なことを」

そう言って、いやと言い直してくる。大きな手が、やさしくサディアの髪を撫でてきた。

「馬鹿なのは、わたしだな。おまえの本質を見ようともせず、憐れみに目隠しされ続けたのはわたしだ。おまえはこんなにも……こんなにも、わたしのことだけしか見ていなかったというのに。すまなかった。つらいことをさせてしまったな、サディア。本当にすまない。その上、今となってはおまえを助けることもできず……。わたしは、なんという役立たずな男だ」

自嘲に、レゼジードの口元が歪んだ。

サディアは、恐る恐る顔を上げた。レゼジードが言うことが嘘のようで、現実とは思えなくて、悔やむように眼差しを落とすその人を、一心に見上げた。

「レゼジード様……僕をお叱りにならないのですか……？」

「なぜ、おまえを？　責めを負うべきは、わたしであるのに」

「いいえ！　レゼジード様は悪くはございません。僕が……僕のほうこそがひどいことを……」

サディアはとんでもない、と否定した。

だが、レゼジードも譲《ゆず》らない。

「いいや、おまえにそこまでさせてしまったわたしが悪い。さらに、そこまでされなくては、己の心すらわからなかったことも……。すまない、サディア」

「いいえ、いいえ！　僕のほうが……！」

「いや、わたしだ」

そのまま、自分が、いや自分こそが、と言い合いになる。

しかしやがて、レゼジードが苦笑した。

「――サディア、わたしの理解が間違っていなければ、おまえもわたしを好いてくれているのだな。そうだろう？」

「はい……はい。心から、お慕いしております……許されないことだと思いますが」

また目が潤む。

その目尻に、レゼジードがおずおずと唇を寄せてきた。やさしく、涙を吸い取られる。

そうして、サディアの目を見つめてきた。

「許すか許さないかで言えば、わたしのほうこそ許してもらいたいのだが……しかし、そのことで言い合うのはもうやめよう。おまえがわたしを好いてくれて、わたしもおまえを好いている。それが最も肝要《かんよう》なことだ。そうだろう？」

「……ぁ」

サディアは揺れる瞳で、レゼジードを見た。胸になにかがトスンと落ち、それから、ジンワリとした幸福が広がっていった。

レゼジードがサディアを好きで、サディアもレゼジードを好いていて——。しごく単純で、けれど、最も大切なこと。

潤んだ瞳で、サディアはレゼジードを見つめた。最後の最後に、こんな幸せが自分に訪れたことに、こんな状況ながら歓びが湧き上がっていく。

涙で霞《かす》む目を瞬きながら、サディアは懸命に頷いた。たとえ、これがレゼジードと会う最後の機会であっても、これが一番大切なこと。幸福なこと。

「お慕いしております。レゼジード様を、心からお慕い申し上げております」

「わたしもだ。わたしも、サディアを愛しく思っている。サディアが、わたしの妻だ」

「レゼジード様……！」

サディアは縋るように、レゼジードに抱きついた。それをレゼジードが許してくれると、確信できた。

レゼジードも強く、サディアを抱きしめる。離すまいとするかのように、強く、強く、サディアを抱きしめてくれた。

互いに、これが最初で最後の逢瀬《おうせ》だとわかっていた。だからこその、強い抱擁だった。

だが、時間ではない、とサディアは思った。

心が通じている。それが大切で、それがすべてだった。

今までは、忘れられることが怖かった。レゼジードの中に、たとえ痛みとなっても残りたかった。

だが、今は違う。レゼジードがサディアを幸福にしてくれた。たとえこのまま、苦しみの果てに死ぬのだとしても、自分は幸福だ。

なぜなら、愛しい人にその愛を、与えてもらえたから。

サディアとレゼジードは、ただ抱きしめ合った。時が来るまで、なにも話さず、ただただ抱擁し続けた。そこに言葉は不要だった。


長いようにも、短いようにも感じられた抱擁ののち、牢獄の扉がほとほとと叩かれた。

「――伯爵様、そろそろ行かれませんと」

聞き覚えのある従者の声だった。

レゼジードが名残《なごり》惜しげに抱擁を解き、サディアを見つめる。気休めの繰《く》り言《ごと》は、なかった。ただ、心を伝えてくれる。

「サディア……愛している。おまえだけが、我が妻だ」

「僕も……愛しております。きっと……きっと大願を果たして下さいませ。その助けになれるなら、僕は本望です」

レゼジードがなにか言いたげに、歯を食いしばる。このままサディアをここから攫《さら》いたい。そんな血走るような目をしてサディアを凝視したあと、別の言葉を絞り出した。

「必ず……必ず、エギール殿下を王にする。ナ・クラティスを、どこよりも輝かしい国にする」

「はい。そうなされることを祈っております」

泣き笑うように、サディアは微笑んだ。レゼジードの望みこそが、サディアの望みだった。夢だった。

さらに、一番大切なものを、自分はレゼジードからもらった。その心を、愛を。

だから、もう悔やむことはない。今度こそ、絶望からではなく、愛しい心ゆえに、エギールとなろう。最後に息絶える瞬間までエギールとなり、レゼジードの大願の一翼を担うのだ。

「サディア……」

レゼジードの唇が震え、ついで噛みつくように唇を奪われた。荒々しい、レゼジードの激情を感じさせる口づけだった。

「んっ……ん、ふ……レゼジー……」

「サディア……サディア……っ！」

深く唇を貪られ、またサディアのほうからも求め合い、奪い合う。

そうして、低い呻きとともに口づけが終わり、レゼジードは去っていった。

消えゆく背中を見送りながら、サディアは望外の幸福を抱きしめた。苛烈《かれつ》な取り調べに全身は悲鳴を上げていたが、心はこの上なく幸せだった。生涯で最も、幸せだった。


振り返ったら、涙が溢れそうだ。いや、闇の中、すでに涙は溢れていた。愛する相手を、助けることのできない自分がふがいなかった。しかも、その相手の犠牲があってこそ、己の念願が果たせることが、情けなかった。

サディアを失いたくない。死なせたくない。

だが、事ここまできて、いったい自分になにができるのか。

エギールへの疑いを晴らす手立てはいまだ見つからず、王の意識も戻らない。八方塞がりの状況で、レゼジードには打つ手がない。

せめて……せめて、なにか糸口があれば。

その時、レゼジードはハッとした。昼間の知らせが、脳裏に蘇る。

事は上手く運んでいるはずなのに、なぜかランジス側が何事か慌てていたこと。

たいした話ではないかもしれない。この事態に、まるで関係ない出来事で慌てているのかもしれない。

だが、今のレゼジードは疑念に感じたことはなんでも、調べてみるべきだと思った。

サディアはまだ生きている。最後の最後まで、あらゆる可能性を探って手を尽くすべきだ。

そうだ。拷問や処刑の可能性から、自分たちはサディアの命を最初から諦めていたが、無実を晴らす証拠さえ見つかれば、なにもサディアを死なせる必要はない。サディアの命がなくなる前に事の真相を暴《あば》けば、サディアはまだ救われる。

――やろう……！

自分にはまだ、やれることがある。

闇の中、乱暴に涙を拭い、レゼジードは牢を出た。入る時には追いつめられていた眼差しが、今は強く前を見据《みす》えていた。

§第八章

しかし、そんなレゼジードに凶報がもたらされる。

サディアの処刑が、五日後に決まったのだ。

レゼジードは臍を噛む。まさかこれほど早く、ランジスが弟の処刑を発表するとは予想もしていなかった。

まだ、国王の暗殺未遂から十日も経っていない。王の意識は回復しておらず、回復を待たないままの決定は、いかにも拙速《せっそく》だった。その上、公開処刑である。

なぜ、これほどまでに処罰を急ぐのか。

——向こうも、なにか焦っている……？

あるいは、国王暗殺未遂も本来は未遂ではなく、殺すつもりであったのかもしれない。その上で、エギールに罪をなすりつけ、即座にランジスが即位する心づもりであったのか。

しかし、王の存命という予定外の事態が起こり、王が目覚める前にエギールを処刑しようと急いだ、というところか。

——くそ……っ！　サディアを助けることは無理なのか。

あと五日の間に、サディアを救うための手立て——つまり、エギールの無実を明らかにする手段——が見つけられるか、レゼジードはひそかに唇を噛みしめる。

そこに、ナン・タンベールの叱咤が浴びせられた。

「ぼんやりしている暇《ひま》はありませんよ、伯爵。公開処刑が気になるのはわかりますが、もう決まったことです。それより、ランジス殿下の背後につく勢力を掴む必要があります。あのぼんくらに、ここまでのことを企む力はありません。きっと、別の者がいるはず」

声を潜《ひそ》めて、ナン・タンベールが言う。

いろいろと話し合うには、今は不向きな場所だった。ナン・タンベールは王の容体を窺うために王宮から離れられず、宮殿内の彼に与えられた部屋で、レゼジードたちは今後について語り合っていたからだ。

彼の叱責ももっともだった。

レゼジードは意識を改め、彼との打ち合わせに集中する。

「すまない。そうだな、ナン・タンベール。ランジス殿下の背後の者を捕らえなくては、また同じ謀《はかりごと》を仕掛けられる。突き止めなくては、エギール殿下が危ない」

「そうです」

ナン・タンベールが強く頷く。その顔には、サディアを犠牲にすることへの悔いなど、欠片も見られなかった。

それが正しくはある。ナン・タンベールもレゼジードも、ナ・クラティスとエギールのために仕えている。そのために、小者の一人や二人、犠牲にするのは当然。そうナン・タンベールが考えるのは、特段冷たいことではなかった。

むろん、レゼジードとて優先順位はわかっている。ただ、その中でも可能性があるのならば、サディアを救うために力を尽くしたい、尽くすと決めているだけだ。

だが、それはナン・タンベールには関わりないことだ。あくまでも、レゼジードの私情だった。

レゼジードは、まずはナン・タンベールとの話し合いに意識を切り替えた。

「――エペオル公爵の周辺を洗ってみたが、例の侍女以外にはこれといってなにも出てこなかった。彼が首謀者ではない、ということか……」

レゼジードは顎を撫でた。侍女の紹介状が公爵家から出たことになっていたため、エペオル公爵が関わっていると思われたのだが、ランジスと同じく大口を叩くだけで、裏で動いている様子がない。

そもそもエペオル公爵は大家であることを鼻にかけた大雑把《おおざっぱ》な人物で、王からも政治的に重用されることはなかった。自分が命じればなんでも思うとおりになると思っていて、緻密《ちみつ》な策謀を企てられる人物ではない。

首謀者は別にいて、公爵はただ謀の一部に手を貸しただけということか。

ナン・タンベールも頷く。

「そうですね。貴族たちの動向を調べても、特段の動きはありません。このわたしが直接調べても出てこないとなると、相手は、わたしと同じく『ナン』の称号を持つ神官かもしれない」

「なに……？　しかし、基本的に神官は表の世界には関わらないはず――」

と言いかけ、レゼジードはナン・タンベールを見つめた。そして、再び口を開く。

「いや、おまえは関わっていたな」

「ええ、そうです」

ナン・タンベールが肩を竦める。

「自分のことを棚《たな》に上げて、すっかり忘れていました。困りましたね」

小さく笑う。眼鏡の奥の灰色の眼差しが、わずかに色を変えているような気がした。

「ナン・タンベール？」

訝しげに、レゼジードが名を呼ぶと、ナン・タンベールはどこか遠くを見ているようだった。

「……わたしたちには特別な力がある。知っているでしょう？」

「ああ。値段が高いのが玉に瑕《きず》だが、おまえたちに診てもらえれば、ほとんどの人間の病が治る」

だからこそ、めったなことでは診てもらえない。サディアを診てもらうために、レゼジードは大金を投じていた。それでも、エギールに瓜二つの彼を手に入れられるのなら、惜しくはないと思っていた。

また、ツキリと胸が痛み、レゼジードはその痛みを胸の底に沈める。

レゼジードの痛みに気づかない様子で、ナン・タンベールが口を開く。

「まあ、治療だけではありませんがね、わたしたちができるのは。しかし、それはあなたがたが知る必要のないことだ。――わたしたちは、わたしたちの理屈で動いている。ランジス殿下にナンの称号を持つ者がついてしまうことは、わたしたちの予定にはない」

「わたしたち？　それはつまり、『神殿』ということか？」

レゼジードの問いに、ナン・タンベールは答えない。

代わりに、

「――ランジス殿下の背後を調べるのは、わたしに任せて下さい。伯爵は、エギール殿下を匿《かくま》うことに集中して下さればよい」

と、話を変える。

「しかし……」

「殿下の御身《おんみ》が重要なのです。殿下にはなんとしてもナ・クラティスの王になってもらわねばなりません。必ず、殿下をお守り下さいますね、伯爵？」

灰色の目が、レゼジードのひそかな思いまで見透かすような眼差しで見つめてくる。

レゼジードは心の内を見られたかと動揺しかけたのを抑え、ぎこちなく頷いた。

「あ……ああ。必ずお守りする。心配するな」

エギールのことは、サディアとして屋敷に匿っている。もともと、奥ゆかしいジュムナ女性と偽って、仕える人間も信用の置ける者しか置いていないから、エギールを匿うのは容易《たやす》かった。

「では、それでけっこうです」

話し合いを、ナン・タンベールが打ち切る。

すっと立ち上がった彼に送られ、レゼジードは王宮内のナン・タンベールの私室から出た。

さすがにランジスも、神殿の『ナン』から、王宮内の私室を取り上げることができなかったのだろう。いくらエギールの教育係だったとはいえ、王宮側から神殿に命令を下すことはできなかった。もちろん、逆もない。

昏睡《こんすい》状態だという王の治療は、神殿から来た別のナンが取り仕切っていた。ただ、ナン・タンベールを通じれば、王の病状を教えてもらえる。そのために、王宮から閉め出されないよう、ナン・タンベールは王宮内の私室から動かないのだ。

とにかく、王の動向から目を離してはならない。王さえ目覚めれば、事態のおかしさを説《と》き、エギールの容疑についてもっと慎重に考えてもらえる。

その意味では、なんとしても王には目覚めてもらわなくてはならなかった。そうすれば、もともとエギールのほうに好意を持っていた王だ。これがエギールの仕業《しわざ》だなどと、簡単には裁定を下さないだろう。逆に、あまりに証拠が揃いすぎていることを怪しんでくれるかもしれない。

そこから考えても、王の暗殺の失敗は、ランジスたちにとっても誤算であったかもしれなかった。王さえ死んでくれていれば、エギールも捕らえたことだし、ランジスが簡単に即位できる。

王さえ死んでくれていれば――。

考え込みながら、レゼジードは王宮内を歩いていた。人々は、レゼジードの姿を見ると、怯えた顔をして避《よ》けていく。エギールに近かったレゼジードは、今は近づいてはいけない危険人物と思われていた。

もともと宮廷嫌いで通っていたレゼジードにとってはどうでもよいことだ。却って、静かになってちょうどいい。ただ、じろじろと見られるのは鬱陶《うっとう》しく、レゼジードはあまり人が使わない廊下を選んで歩いた。

そのうちのひとつを曲がろうとして、ふと立ち止まる。

――ナン・タンベール？

部屋に残っていたはずのナン・タンベールが見えた。自分のほうが先に出たはずなのに、なぜ、ナン・タンベールが廊下の先にいる。

不審に感じ、レゼジードは身を潜め、ナン・タンベールのあとをつけた。

先ほどの話し合いで、神殿について洩らしたことも気になる。もし、神殿は神殿で別の思惑があって動いているとしたら、見過ごすことはできない。

レゼジードに気づくことなく、ナン・タンベールはひそやかに廊下を進んでいく。

――この方角は、陛下の寝所か……？

具合でも訊きに行くのだろうか。だから、わざわざこんな人気《ひとけ》のない通廊を使用したのか。

ナン・タンベールもレゼジードと同様、エギール派と目されている人間だ。あまり大っぴらに王の容体を窺っては、なにかと疑いをかけられる。

そんなナン・タンベールに不審を覚えるとは、少々過敏になりすぎか、とレゼジードは自嘲した。

しかし、踵を返そうとした時には、ちょうど王の寝室の裏側に当たる部分に来てしまったようだった。

ナン・タンベールがどこかの部屋の扉を叩く。合図に応じて、男が一人出てきた。王の治療をしている神官の一人だ。

ナン・タンベールはその神官に、王の様子を訊ねた。

つい、レゼジードも耳をそばだててしまう。立ち聞きはよいことではないが、王の容体はレゼジードも気になる。

「陛下のご様子はどうだ？」

ナン・タンベールが声を潜めて訊いている。

しかし、悪いと思いつつ聞き耳を立てていたレゼジードは、次の言葉に耳を疑った。

「まだだ。陛下を目覚めさせてはいけませんか」

「もうしばらく、陛下には重体でいてもらわなくてはいけない。それから、ちょっと思いついたことがある。陛下のご寝所の守りを厚くするのだ。けして破られないように。人手が足りなければ、神殿の我々の側の神官に助けを乞え」

「はい、承知いたしました」

神官が恭しくナン・タンベールに拝礼する。

――陛下にはまだ重体でいてもらわねばならない？　どういうことだ。

それに『我々の側』という言葉も引っかかる。王宮だけでなく、神殿内部も割れているのか。

レゼジードは眉をひそめた。ナン・タンベールはなにを隠している。

ナン・タンベールが踵を返して、こちらに向かってきた。

レゼジードは素早く、手近な人気のない部屋に身を潜め、ナン・タンベールが行き過ぎるのを待った。

――どういうことなのだ。

頭の中が混乱していた。ナン・タンベールは味方だと思っていたのに、彼はなにを考えている。

――なぜ、王を……？

レゼジードの心に、疑惑が湧き上がり出していた。


屋敷に戻ると、レゼジードは即座に、戦《いくさ》の折に斥候《せっこう》としてよく使っている家人を呼び寄せた。目端《めはし》の利くその男ならば、戦場だけでなく、今回のような陰謀にも能力を発揮するはずだ。

この場合、ナン・タンベールの息のかかっていない手の者が必要だった。疑いの対象がナン・タンベールである以上、彼の知らない男を使わなければ、危険だ。それほど、王宮で見聞きしたことは、不審であった。

「ナン・タンベールの身辺を探ってほしい」

「ナン・タンベール様の？」

驚く男に、レゼジードは今日耳にしたことを話す。

「――それは」

と、男も目を瞠《みは》る。すぐに、レゼジードが意図するところを理解し、男は深く頷いた。

「かしこまりました。洗いざらい、調べてみます」

そう言って、男は去っていく。

レゼジードは床に座り込み、脇息《きょうそく》に肘を預けた。今まで自分は、宮廷のことは苦手だからと、ナン・タンベールに任せすぎていたのかもしれない。

エギールとナ・クラティスを思う気持ちは互いに同じだからと、ずっとナン・タンベールを信用してきた。しかし、王の件を知ったからには、考えを改める必要がある。

王のことだけでなく、ナン・タンベールが思わず洩らした言葉も気になる。

『――わたしたちは、わたしたちの理屈で動いている。ランジス殿下にナンの称号を持つ者がついてしまうことは、わたしたちの予定にはない』

わたしたち、とはおそらくあの口ぶりでは神殿内部のナン・タンベール側の人間のことだろう。

だが、神殿がどういう思惑で動いている？

基本的に、神殿は俗世の政治には関わらない。神々から特別な力を与えられているがゆえに、特定の勢力に与《くみ》することの危険を縛《いまし》めているのだ。もちろん、ナン・タンベールのような例外はいつでも出るだろうが。

しかし、それはあくまでも個人的資質の問題だ。神殿そのものが、政治に関わることはない。

しかし、その神殿がこの件になんらかの形で関わっているとしたら――。

「そうだ……」

と、レゼジードは呟いた。

そもそもの最初から、なにかおかしくはなかったか。

「……なぜ、こんなに後手《ごて》に回るまで、ナン・タンベールはランジス殿下の企みに気づかなかったのか」

いくらレゼジードがジュムナ遠征に送られていたとはいえ、そもそも宮廷のことはナン・タンベールのほうが詳しい。そのナン・タンベールがいてどうして、今回の企みが防げなかったのだ。

まさか、最初から知っていて……？

そこまで考え、レゼジードは首を振った。あり得ない。いくらナン・タンベールでも、レゼジードがジュムナでサディアを見つけることまではわからなかったはずだ。

エギールの入れ替わりは、サディアの存在がなくては成立しない。

だとしたら、ナン・タンベールはなにを考えている。あるいは、なにを知っていたのだ。

そして、なんのためにサディアを生贄《いけにえ》にした。

もし、あえてサディアを生贄にしたのだとしたら――。

レゼジードの眼差しが厳しくなる。

「あいつ……なにを企んでいる」

怒りが込み上げる。だが、その怒りに、今は呑まれてはならない。怒りのままにナン・タンベールを責めたところで、あのとぼけた男はなにも語らないだろう。それでは、サディアを救えない。

まずは、ナン・タンベールがなにを企んでいるのか知るべきだった。

レゼジードは腹をくくり、男の報告を待った。

§第九章

一日経ち、二日経った。サディアの処刑まで、あと三日しかない。

じりじりしながら、レゼジードは斥候の男の報告を待っていた。

その間に、もう一人別の男を斥候として放っている。男には王の治療をする神官たちの身辺《しんぺん》を調べさせていた。もしかしたら、場合によっては神官の一人なり、懐柔《かいじゅう》する必要があるやもしれないと考えたからだ。

現状では、王はナン・タンベールによって軟禁されているも同然だった。

いざとなったら王を目覚めさせ、王の裁可《さいか》を仰ぐ必要が出るかもしれない。

幸い、こちらはすぐに調べが済んだ。王の治療に当たっている神官は、四人。それぞれが六時間毎に交代して、王を診ていた。

そのうち二人は老齢で、家族はすでにない。

残りのうち、一人は神殿生まれの神殿育ちで付け入る隙《すき》がない。

しかし、もう一人は市井《しせい》から神官になった男で、彼の家族はナ・クラティスの王都に住んでいた。

平民を相手にする商家で、そこそこの小金を持っているらしい。

ただし、彼の妹がある小貴族に見初《みそ》められ、その夫人となる話が進んでいた。

平民が貴族夫人になる。まったくない話ではない。ただし、よくある話でもない。

「可哀想だが、しかたがないな」

レゼジードは呟く。リセル伯爵家はナ・クラティスでも名だたる名家だ。末端の小貴族の、それも平民出身の娘を社交界から爪弾《つまはじ》きにする程度のことは、国王暗殺未遂の件で睨まれている今でも充分にできる。あるいは、結婚自体に圧力をかけて潰すことだって、造作もなかった。ついでに、結婚が潰れたのは、娘にある差し障りがあったからだと噂を流してやってもいい。

ナン・タンベールでなくてもこの程度の脅しなら、レゼジードにも簡単にできる。

あとは、本当にその必要が出るかどうか、だ。それには、ナン・タンベールを探らせた男の結果を知る必要があった。

さらに一日、そしてもう一日が過ぎた。明日には、サディアが処刑されてしまう。

――間に合わないか。

強引に王を目覚めさせ、疑惑のすべてを明かして王の裁可に縋るしかないのか。

しかし、証拠がなければ、王もどれだけ動けるかわからない。

昼近くになり、いよいよレゼジードは覚悟を固めた。強引にでも、王を説得するしかない。偽者《にせもの》だということは話さず、エギールが処刑されそうだということだけを話せば、王はランジスの早すぎる判断を制止してくれるかもしれない。王にとっても、エギールは最も期待している王子のはずだ。

レゼジードは王宮に向かおうと立ち上がりかけた。そこに、斥候に出していた男が召使いに案内されてやって来る。

やっと来たのだ。

扉を閉めるのもそこそこに、レゼジードは男に向き直った。

「――それで、どうだった」

「大変なことです、伯爵様。確証を得るために、ぎりぎりまで時間を使ってしまいました。お許し下さい」

男がレゼジードを前に膝をつく。

「その様子では、なにか掴めたのだな」

長年使っている男の態度から、レゼジードは首尾を察する。

男は胸元から一枚の紙を取り出した。

受け取ったレゼジードは、中を確認して唇を引き結ぶ。それは、国王暗殺に失敗して捕らえられ、死んだ侍女と、ランジスが交わした念書だった。

書面には、侍女への報酬《ほうしゅう》がはっきりと記《しる》されている。それに、使用されている紙にもランジスの紋章が刻まれていた。

「これはどこにあった」

男に調べさせたのは、ナン・タンベールの周辺であって、ランジスたちではない。にもかかわらずこんな書面が出てきたことに、半ば答えを予想しながら、レゼジードは男に問う。

男はレゼジードの予想した答えを返した。

「ナン・タンベール様の手箱にございました」

やはり、すでに証拠を手にしていながら、ナン・タンベールはそれを黙っていたことになる。

レゼジードはきつく唇を引き結んだ。

「伯爵様、これも――」

男がもう一枚、紙を差し出した。なにかを書き写してきた内容のようだった。

貴族たちの名前が並んでいる。しばらく眺め、ある共通点にレゼジードは気づいた。

「……これは、ランジス殿下と親しい者たちのリストだな」

「はい」

レゼジードはリストを見つめた。ランジスの陰謀を証明する念書。そして、このリスト。

これらを武器にして、ナン・タンベールがなにを考えているか……。

レゼジードの顔が渋面《じゅうめん》に変わる。宮廷のことはわずらわしいからと、ナン・タンベールに任せてきた己の不明が悔やまれる。

だが、ナン・タンベールにこれ以上好きにさせるわけにはいかない。

レゼジードは部屋の隅の机に向かい、引き出しから金貨を取り出した。

「ご苦労だった。手間賃だ」

「ありがとうございます。では」

男が部屋から下がる。レゼジードは手にした二葉《によう》の紙をじっと見下ろした。

束の間目を閉じ、開いた時には心は定まっていた。レゼジードは部屋を出て、エギールを匿っている場所に向かった。


指し示された証拠に、エギールがため息をつく。優美な衣装を身に着けたエギールは、サディアと瓜二つ——のはずだった。だが、サディアにはあった柔らかさが欠けている。今となってはそれがどうしようもなく、大きな差異に思えた。

レゼジードは小さく首を振り、ひとまずサディアのことを脳裏から振り払う。今は、ナン・タンベールのことが先決だった。

「——明日には、サディアは処刑されます。どう思われますか、殿下」

事としだいによっては、このまますべてが終わるまで、エギールをこの屋敷に閉じ込めておく覚悟が、レゼジードにはあった。

真剣に詰め寄るレゼジードに、エギールは少しだけ笑みを零した。やはり、エギールも初手《しょて》から知っていたのか。

しかし、エギールは首を振る。

「しょうがない男だね、ナン・タンベールは」

吐いた言葉には苦笑が混じっていた。続いて口調を変え、訊いてくる。

「父上のご容体はどうなっている」

「おそらく、体調に問題はないかと思われます。ただ、神官どもによって眠らされているようです」

「まったく……」

もう一度、エギールが呆れたように頭を振る。

「サディアが処刑されてから、ナン・タンベールは父上を目覚めさせる気でいるのだろうな。そして、兄上の暗殺未遂の証拠を、父上にお見せする。わたしが処刑されていれば、さすがの父上も激怒されるだろう。怒りのあまり、いつもの冷静さを失われ、そのリストにある貴族たちを一時《いちどき》に処分してしまわれるかもしれない。そうすれば、ナン・タンベールが望むように、宮廷の大掃除ができる。それが済んでから、生きているわたしが登場するというわけだ。――その時には、どんな物語を作っていることか」

エギールはため息をついた。

レゼジードも、短く息をつく。

「綺麗になった玉座に、殿下をお据えになりたいのでしょう、あの男は」

サディアを犠牲にして。

レゼジードは主君と仰ぐ少年を、見据えた。たとえ、エギールがナン・タンベールのやり方を承認しても、レゼジードは頷けない。

もし、玉座に即きたいと望むなら、綺麗なだけの玉座などあり得なかった。ランジス一派を宮廷から一掃《いっそう》したいのなら、ここまで過激なやり方をしなくても実現できる。

ただし、その争いの渦中《かちゅう》に、エギールも身を置くべきだった。

「――明日、陛下をお起こしします。サディアが処刑されかかる際《きわ》で、群集の前で、ランジス殿下の罪を暴きます。王はきっと、その場でご裁可を下されるでしょう。わたしはそれで充分だと考えます。殿下は？」

覚悟を定めたレゼジードの問いに、エギールがゆっくりと頷きを返してきた。

「わたしもそれでいい。だが、サディアの処刑の場でいいのか？　もしも間に合わなかったら……」

「必ず間に合わせます。サディアは死なせません」

際どい選択だが、ナン・タンベールを納得させるにはこれしかない。彼の過激な策のすべてを排すれば、今後裏でなにを企まれるかわかったものではなかった。

ナン・タンベールをある程度納得させ、サディアを救うにはこのタイミングしかない。

けしてサディアを死なせない。

ナン・タンベールや神殿が、ナ・クラティスの未来になにを思い描いていようと、そのために不要の犠牲を出すことはない。そうなるように、自分もエギールを支えて、宮廷に関わっていく。これは、その第一歩だ。

強く決意し、レゼジードはそのまま、エギールと翌日の手はずを話し合った。

時間と、そして、いかにナン・タンベールを出し抜けるかが勝負だ。

宮廷の陰謀は嫌いだが、戦いならばナン・タンベールよりよほど場数《ばかず》を踏んでいる。これは、宮廷の争いではない。戦いなのだ、とレゼジードは自身に言い聞かせた。

戦いならば、レゼジードのよく知る世界だった。

§第十章

逮捕されてからわずか十日——。

サディアは地下牢から連れ出された。

見上げると、空は青々としてよく晴れていた。ただ緑が、新緑から秋の色に変わっていた。翡翠とは違う色だ。

だが、翡翠は、サディアの心にある。

サディアはそっと胸を押さえた。絶望も、悔いも、なにひとつサディアの中にはなかった。あるのは、愛ゆえの誇りだけだ。

絶望の狂気ではなく、レゼジードへの純粋な想いに満たされて死ねることを、サディアは感謝した。

――いい天気だ。

どうせ死ぬのなら、雨の日よりも晴れがいい。青々とした空を見ながら旅立つのは、そう悪くないことのように思えた。

牢番に連れられながら、サディアは荷車に歩み寄った。着る物だけはあらたに白い長衣を与えられたが、顔に見られる傷からも、サディアの全身が痛めつけられていることは見る者に明らかだった。

サディアは苦労しながら荷車に乗る。ランジスは、弟のみじめな姿を人目に晒したいのだろう。仮にも王族であったのに、馬車で送る礼儀も示す気がないようだった。

しかし、おかげで空が見られる。秋の爽《さわ》やかな空気が、地下牢暮らしの身体に心地よかった。

レゼジードは、サディアの処刑を見に来るだろうか。それとも、エギールとともに、屋敷で過ごしているだろうか。

どちらでもかまわなかった。どこにいようが、サディアの心はレゼジードとともにいられる。レゼジードを苦しめるために死ぬのではなく、彼の大義のために死ねることが、サディアには幸福だった。

なんの役にも立てない弱い自分であったが、こうしてレゼジードとともに戦って、死ねる。最初にジュムナでレゼジードの面前に連れていかれた時、自分に待っていたのはみじめな死だった。なんの役にも立たず、誰にも悼まれず、ただ塵芥のように消滅するだけだったサディア――。だが、今は違う。サディアにはレゼジードがいた。レゼジードという福音《ふくいん》が現れた。その福音は、サディアを愛してまでくれた。

これが幸せでなくてなんだろう。

愛することも恨むことも、美しい感情も醜い感情も、すべてレゼジードが教えてくれた。レゼジードによって、サディアは生きることを知った。

思い残すことはもうない。

サディアは静かに、荷車の上に座った。

荷車が城門を出た。途端《とたん》に、群集の醸《かも》し出す熱気が、サディアを襲った。沿道に、びっしりと人々が押しかけている。

サディアは一瞬目を瞠り、すぐに背筋を伸ばした。可能な限り毅然とした姿勢で、群衆の間を通り抜けようと決意する。けして項垂れない、肩を落とさない、下を向かない。

ただ真っ直ぐに、自分は無実であるという意思を込めて背筋を伸ばし、顔を上げた。

病の苦しみ、身体の痛みが遠のいていく。

今、サディアはエギールそのものになっていた。

その日の朝、レゼジードはエギールを伴って、王宮に忍び入った。サディアの処刑見物にざわついている宮殿内は、ちょうどよいことにいつもより浮つき、隙が生まれていた。

フード付きのマントを着せたエギールとともに、レゼジードは王の寝所に向かう。

すでに自家の男を使い、あらかじめ目星をつけた神官を味方につけてあったため、合図のあとに扉が開けられる。緊張した面持ちの男について、レゼジードは王の寝所に入った。

「——おや、どうしたんだ。まだ交代の時間には早いだろ……っっ」

最後まで言わせず、レゼジードは素早く、寝台の側に付き添っていた神官の背後に行き、その首筋に手刀《しゅとう》を打ち込んだ。

神官は声もなく倒れる。

レゼジードは案内をさせた神官を振り返り、

「早く王をお起こししろ」

と、押し殺した声で命じた。これから先は、時間との勝負だった。

エギールからも頷きを受け、神官が王に慌てて歩み寄る。

長い祈りのあと、王がゆっくりと目覚めた。

急がなくては。

レゼジードは王の枕元に駆け寄った。

「ん……わしは……」

王が首を振っている。長い間眠らされていたため、頭がはっきりしない様子だった。

エギールがレゼジードとともにひざまずき、父王の手を握る。

「――父上、わたしが殺されようとしているのです」

最も王に衝撃を与える言葉を、エギールは選んで口にする。時間が惜しかった。

「なに……？」

愛息《あいそく》の訴えに、王の意識がはっきりする。

「陛下、どうぞこれをご覧になって下さい」

レゼジードは王を動かすために、暗殺未遂の証拠の品を差し出した。なんとしてもサディアを助けるのだ。サディアを犠牲にしなくとも、エギールの世はやってくる。ナン・タンベールの謀を成功させるわけにはいかない。

話が進むにつれて、王の顔が厳しくなる。

サディアの命は、王の決意にかかっていた。


ゆっくりと時間をかけて広場に入ってきたサディアの姿に、設えられた貴賓席《きひんせき》から処刑台を見下ろしていたランジスが、歯噛みする。

あまりにも堂々とした、威厳と気品に満ちた物腰だったためだ。

貴賓席の片隅にいたナン・タンベールも息を呑んだ。

エギールであればかくやという態度で、サディアは荷車を降りていく。たとえどんなに傷ついた姿をしていようと、エギールであればみじめに俯いたりなどしない。

その思いで、サディアは気丈な足取りを見せて、台上に上っていく。

そんなサディアを、群集はしんとなって見つめていた。広場全体が、苦しいほどに人々が押しかけているのに、咳《しわぶき》ひとつ聞こえない。

台に上り、サディアはゆっくりと、広場を埋め尽くした群集を見渡した。エギールならそうしたように、慈愛を込めて。

その姿に、群集から啜り泣きが聞こえ出す。

エギールに死が訪れようとしていることを嘆く群集に、サディアはやさしく頷きを返した。贅沢な暮らしをほしいままにしているランジスに比して、快活で、誰に対しても分け隔《へだ》てのないエギールを、人々は愛していた。

その民衆の嘆きに応えるサディアを、ランジスが不機嫌そうに睨んでいる。

その時、貴賓席を見上げたサディアの視線が、ナン・タンベールを、そして、ランジスを捉《とら》えた。

サディアの口角《こうかく》が自然と上がる。

——エギール様は死なない。生きて、必ずあなたに報復する。

挑戦的で自信に満ちた微笑に、ランジスがカッとなって立ち上がった。

「殺せっ！　殺してしまえっっ！」

「殿下っ！」

ランジスの側近が、慌ててランジスを止めている。しかし、ランジスのわめく声は、静まり返った広場に響き渡っていた。

人々の反発が、目に見えるような重量感を持って高まった。

——愚かな人だ。

民に愛されているのはエギールであって、ランジスではない。レゼジードが仕えた人は、やはりたいした方であった。

そのことが、自分のことのように誇らしい。

笑みをたたえたまま、サディアはランジスに背を向けた。落ち着きと威厳を保ったままひざまずき、台上に首を差し出す。

死が間近に迫っているというのに、サディアの中にえもいわれぬ幸福感が込み上げてくる。レゼジードに愛され、愛する人のために己の生を使用できる自分は、なんと恵まれているのだろう。

逝くことは、恐ろしくなかった。誇りを持って死ねる幸福に、サディアは満たされていた。

死を目前にした自分がそんなふうに感じているなんて、この場にいる誰にもわかるまい。

今、サディアがどれほど幸せか。どれほど満ち足りているか。

──レゼジード様、どうか大願を果たされますよう。

サディアは静かに目を閉じた。


──サディア！

今にもサディアの首に斧が振り下ろされんとしている。

「──処刑の儀《ぎ》、しばし待て！」

広場の向こうから、馬上のレゼジードは大音声を張り上げた。

処刑人の手がビクリと止まる。

こちらを向いた顔に、レゼジードは大きく怒鳴《どな》った。

「国王陛下のお見えだ！　皆の者、道を開けいっ！」

レゼジードの背後で、王が同じく馬に乗っている。その姿を認め、群衆の波が潮が引くように一斉に二つに分かれた。

人々が開けた道を、レゼジードは王を先導して進む。

サディアが驚愕の表情で、レゼジードを見つめているのがわかった。

ひどい顔をしていた。目蓋が腫れ、あれからさらに痛めつけられたのか、人相が変わっている。唇

の端に、血がこびりついているのが見えた。あの分では、服の下もそうとうひどいことになっているに違いない。

——くそ……っ！

手綱《たづな》を持つ手が怒りに震えた。レゼジードの怒りに反応して、馬が嘶《いなな》く。それを、軽く手で叩いて鎮《しず》め、レゼジードは王を処刑台まで導いた。

台まで来ると、馬からヒラリと降り、王が下馬するのを助ける。人々が驚愕している中、レゼジードは王を先導し、処刑台に上った。

自分に近寄ってくるデル・ルーセル王を、サディアが呆然として見上げている。

「苦労をかけたな、エギール」

王ははっきりとした声でそう言い、サディアを抱きしめた。

「……ち、父上」

呆然としながらも役割を思い出したようで、サディアがかろうじて国王を父と呼ぶ。

なんとか励ましたくて、レゼジードはサディアの目を捉えると、力強く頷いた。

——大丈夫だ、続けろ。

サディアがおずおずと、国王の背に腕を回す。そのうち、サディアの動揺もおさまったようだった。

とにかく自分の役割どおりの人物を演じ始める。

それを確認して、王が抱擁を解こうとした時だった。王がわずかに眉根を寄せ、動きが止まる。サディアを抱く片腕が外れ、胸を押さえるのが見えた。

どうしたのだ。まさか、王の身体に異変でも生じたのか。目覚めさせてすぐ、ここまで動かしたことがいけなかったか。

目の端で、貴賓席の隅にいたナン・タンベールが立ち上がるのが見えた。青褪めた顔をして、素早く周囲を見回している。

と、一点で視線が止まり、口元がなにかを呟く。

「…………ぐわぁっ」

ランジスを取り囲む一団の中にいた、小貴族風の男がのけぞり、倒れるのが見えた。

同時に、胸を押さえていた王の様子が一変する。苦痛が取れ、再びサディアを力強く抱擁するのが見えた。

――あれは……。

貴賓席を見上げたレゼジードの視線が、ナン・タンベールのそれと絡み合う。ナン・タンベールが片眉を上げ、小さく肩を竦めた。

もしや、今倒れた小貴族風の男が、ランジスに味方した神官であったのか。その『ナン』の称号が示す力で、形勢が逆転しかけた原因である王を止めようとしたのを、ナン・タンベールが制してくれたのか。

ナン・タンベールがさり気なく、倒れた男を介抱する体で歩み寄り、ざわめいた人々から男を隔離《かくり》する。

神殿のことは、神殿で始末をつけるつもりなのだろう。

そんな勝手を許す気にはなれない。

しかし、レゼジードはわずかに目を眇《すが》めてナン・タンベールを睨んだあと、サディアと王へと意識を戻した。

王を害しようとした神官の始末は始末として、優先すべきことがあった。まずは、サディアを救うことだ。

持ち直した王が、素早く群集に向き直り、声を上げる。

「皆、心配をかけた！　余《よ》はこのとおり無事である！」

群集から歓声が上がった。

それを、正面の貴賓席からランジスが啞然とした様子で見下ろしていた。自分の味方をした神官が倒れたことも、ナン・タンベールに押さえられようとしていることも、目に入っていないようだった。

それほど、王がこの場にいることが信じられないのだろう。

形成が逆転した今こそ、知恵を働かせるべき時であるのに、この鈍さときたらどうだろう。

やはり、こんな王子にナ・クラティスの王は名乗らせられない。

レゼジードは、ランジスを軽蔑の目で見やったあと、王とともに並んでいるサディアを見つめた。

途端に、それまで嫌悪の眼差しだったそれが、苦悩に変わる。

サディアの髪は汚れ、見えるところはどこも傷だらけだった。長衣こそ新しい真っ白なものだったが、その下はひどく痛めつけられていることだろう。

レゼジードたちがこうしたのだ。胸がキリキリと痛んだ。今すぐにでも抱きしめて、休ませてやりたい。大丈夫だと、安心させてやりたい。

衝動が込み上げ、拳を握りしめる。だが、今のサディアはエギールだ。このままエギールとして退場させるのが肝心だ。

そのために、王までが大芝居《おおしばい》を打ってくれているのだ。

王の手が大きく動き、ランジスを指差す。

「処刑されるべきはエギールではない。ランジスを捕らえよ！」

命と同時に近衛兵が、貴賓席に現れた。逃げようとするランジスを、あっという間に捕らえてしまう。

「ち、父上！」

みじめに叫ぶランジスに、王が懐から例の念書を取り出し、掲げた。

「エギールは余を狙ってはいない。――ここに、おまえが余を刺した侍女と交わした念書がある。追って調べさせるゆえ、覚悟いたせ！」

王の言葉に、群集から歓声が上がる。それは、王とエギールの無事を喜ぶ、歓喜の声だった。

王宮に戻り、王に親しく肩を抱かれて、宮殿内を導かれる。

サディアはなにがなんだかわからなかった。なぜ、昏睡状態と聞いていた王がここにいるのか。なぜ、レゼジードが処刑台に駆けつけてくれたのか。

自分はあのまま、死ぬのではなかったのか。

しかし、王とレゼジードと三人だけの居室で、再びサディアは王に抱擁される。

「よく耐えてくれたな。礼を言う」

「陛下……」

どうしたらいいのだろう。臣下として答礼を取るべきか。それとも、まだエギールを演じたほうがいいのか。

その室内に、そっと人が入ってくる。気配に振り向くと、エギールだった。

「ありがとう、サディア」

微笑む顔は、サディアと同じ造りをしているが、同じではない。もっと強い、男の顔をしていた。

その顔が、悪戯っぽく変わる。

「伯爵の奮闘が間に合ってよかった」

「え……」

どういうことなのだろう。

サディアは隅に控えているレゼジードを振り仰いだ。レゼジードがそっと、頷いてくれた。

では、レゼジードが動いてくれたのか。サディアを救うために、行動してくれたのか。

なんて無茶なことを。

自分のためにレゼジードがどれほど無理をしてくれたか、それを思い、サディアの目が潤んだ。愛してもらえただけで充分であったのに、またもやサディアの命を救ってくれるとは。

背後から、エギールがひそひそとサディアに語りかけてくる。

「今回、おまえを助けるために動いたのは、リセル伯爵だよ。おかげで、ナン・タンベールの策略は御破算《ごはさん》になってしまった。——だが、わたしはそのほうがよかった。ありがとう、サディア」

そして、エギールはレゼジードのほうを向く。

「ありがとう、伯爵」

「ご苦労だった、リセル伯爵」

王もレゼジードに頷く。

サディアにはなにがなんだかわからなかった。だが、ナン・タンベールがなにか企んでいて、そこからレゼジードがサディアを助けてくれたのはわかる。

けれど、ナン・タンベールは味方ではなかったのか？　いったいなにがあったのだ。

問いたかったが、王やエギールの眼前で、個人的な疑問を口にすることは難しい。

それに——。

サディアの身体がフラリと傾いだ。気が緩《ゆる》んだことで、それまで耐えられた痛みと疲労に、身体のほうが先に音《ね》を上げたのだ。

と、それまで隅に控えていたレゼジードが、素早く支えてくれる。

触れられた箇所から、レゼジードの温もりが伝わってきた。再びこの手に触れられる時が来るとは思わず、サディアはやっと自分が助かったのだと実感する。

——生きてる……。

存在を確かめるように、じっとレゼジードを見つめた。レゼジードも一心に、サディアを見つめてくれる。

「レゼジード様……」

「間に合ってよかった」

言葉は短かったが、レゼジードの熱い思いが伝わる。

束の間、サディアは王やエギールの存在を忘れ、レゼジードだけを見ていた。

思い出したのは、肩にマントが着せかけられてからだ。エギールが身に着けていたそれの結び目を解き、サディアへと着せてくれたのだ。

「あ……エギール殿下……」

エギールは、どこか悪戯っ子のようにクスクスとサディアに笑いかけ、それから、レゼジードへと語りかける。

「早く帰って、サディアの治療を。例の神官を伯爵の屋敷にまで連れていくといい」

「ありがとうございます、殿下」

答えると、レゼジードはサディアにマントのフードを深く被せた。そのまま抱き上げる。

「レ、レゼジード様……！」

王の御前でなんということをするのだろう。

慌てるサディアに、王が気にするなと頷く。

「早く連れ帰るといい。大事にいたせ、リセル伯爵」

「ありがとうございます、陛下」

国王とエギールに一礼し、レゼジードは二人の前から退出する。なにもかもが、サディアにはわかっていないが、レゼジードたちには打ち合わせができているようだった。

裏口から王宮を出て、サディアは馬車に乗せられる。レゼジードはまだ、サディアを腕に抱いていた。

馬車が走り出し、その振動に傷が痛み、サディアは軽く顔をしかめた。

レゼジードが気遣わしげに訊いてくる。

「大丈夫か、サディア。屋敷に着いたら、すぐに手当てをさせるゆえ、今少し辛抱してくれ。すまない」

どうして、レゼジードが謝る必要があるのだろう。サディアはとんでもないと、首を左右に振った。

「大丈夫です。それよりも、僕はこうしてお救いいただけたことが、まだ夢のようで……。ご無理をなされたのではありませんか、レゼジード様。エギール殿下はよかったと言って下さいましたが、本当はもっと別の思案があったのではありませんか？　それなのに、僕などを助けて……」

言い募ろうとした唇を、レゼジードが指でそっと塞ぐ。口元には、切ないような、苦しいような、微苦笑が浮かんでいた。

「このような時にまで、そんな心配をしなくてもいい。なに、ナン・タンベールが勝手に独走したまでのことだ。殿下も、ナン・タンベールの思惑を知り、困っておられた。だから、わたしの訴えをお聞き届け下さったのだ」

「ナン・タンベール様の……思惑、ですか？」

自分が捕らえられている間になにがあったのかわからず、サディアは目を瞬いた。

レゼジードがため息をついて、事情を話してくれる。

「陛下は、本当はもっと前から意識を取り戻されてもおかしくなかったのだ。だが、おまえをエギール殿下として処刑させることで、ナン・タンベールはランジス殿下に対する王の怒りをより高めようと画策《かくさく》した。だから、おまえが処刑されたあと、陛下を目覚めさせ、そこにランジス殿下こそが此度の騒動を企んだ張本人だという証拠を示し、殿下の一派を一網打尽《いちもうだじん》に追い込もうとしたのだ。そうして、綺麗に掃除し終わった宮廷に、実は……とエギール殿下の存命を、わたしに申し出させようとな。あれはあれで、エギール殿下のことを考えてのことではあったのだが……」

そう言うと、レゼジードは苦しげに眉根を寄せる。ナン・タンベールが画策したことであるのに、自分にも責があると思っているのかもしれない。自分も、エギールを逃がすためにサディアを身代わりに差し出したから。

とんでもないことだった。

サディアは痛む指を、レゼジードの髪に伸ばした。愛しい人の甘茶色の髪を、そっと撫でる。レゼジードは悪くない。

「――でも、レゼジード様は、僕をお救い下さいました。あのまま処刑されてもおかしくなかったというのに、僕を助けて下さいました」

微笑むと、切れた唇が痛かったが、サディアは精一杯微笑んだ。

レゼジードは込み上げる激情を抑えるように、唇を引き結んだ。そして、呻くように言ってくる。

「そんなふうに……わたしを甘やかすな。そもそもの最初から、わたしはおまえを騙《だま》していたのだぞ。エギール殿下の身代わりにするためにジュムナから連れてきて、中途半端なやさしさでおまえを幻惑して……」

「いいえ……いいえ、レゼジード様」

サディアはレゼジードの首筋にしがみつき、訴えた。始まりはどうであれ、レゼジードのやさしさは中途半端なものではなかった。死にかけていた身体ばかりでなく、酷薄な父からも、この人はサディアを守ってくれた。

それは、中途半端なやさしさではない。

「身代わりとしてだけ必要なのであれば、もっと僕のことを放っておいて下さってもよかったのです。事務的に扱って下さってもよかったのです。でも、あなた様はそうはされなかった。あの時の、もう死ぬしかなかった僕には、あなた様の力強い微笑みは眩しかった。勝手な父の仕打ちから守って下さった時には、胸が震えるほど嬉しかった。——勝手なのは、僕のほうです。よくしていただいたのに……身代わりでしかない僕にも心ある対応をしていただいたのに……あんなふうに、あなた様を傷つけて……」

「馬鹿なことを、サディア。あれは、わたしの無神経さへの罰だ。それに、傷つけられたなどとは思っていない。あれがあったからわたしは……おまえへの想いに気づくことができた。大切なものに……気づけた」

ため息のようにそう口にして、レゼジードがフッと笑みを浮かべた。苦さが半分、甘さが半分の微笑だった。

そうして、やさしくサディアを抱きしめる。投獄されていたことで、汚れきったサディアの髪に頬を埋《うず》め、告げてきた。

「また……どちらが悪いか言い合ってしまったな。一番に言いたいのは、そういうことではないのに……。わたしが言いたいのは、サディア。おまえが死ななくてよかったということ。それから、愛している……ということだけだ。おまえが無事でよかった。これから先の時間を、おまえと紡いでいけることが嬉しい。ずっとともにいられると思っていいのだろう、サディア？」

切ない告白に、サディアの胸にじんわりとした温かさが広がっていく。多少の不安が混ざったその問いかけから、レゼジードが真実自分を求めてくれていることが伝わり、サディアの胸はいっぱいになった。

否と言うわけがない。いやということが、どうしてあろうか。

サディアも強く、レゼジードの背に腕を回した。声を上擦《うわず》らせて、奇跡のような想いを告げる。

「一緒に……いさせて下さい。ずっと……ずっと一緒に……レゼジード様のお側に……！」

「サディア……！」

強く抱擁され、それからわずかに身体を離された。レゼジードが、見たこともないほど真剣な眼差しで、サディアを見つめてくる。

サディアもジッと、レゼジードを見返した。

そっと、レゼジードが口を開く。

「——サディア、改めて申し込む。どうか、わたしの妻になってほしい。わたしの、生涯ただ一人の妻に」

「レゼジード様……！」

二度目のプロポーズだった。一度目は義務から、しかし、二度目の今回は心からの、妻にとの申し出だった。

レゼジードの妻になれる。本当に妻になれる。

サディアに否やがあるわけがなかった。

サディアは夢中で、何度も頷いた。嬉しくて、幸せで、目が潤んだ。

「はい……はい、喜んで。生涯をかけて、お仕え申し上げます。レゼジード様の妻にしていただけるなんて……！」

レゼジードが苦笑する。

「仕えるというのは、少々聞き捨てならないな。どちらかといえば、わたしのほうこそおまえのために尽くしたいのだが。おまえにはもう充分、尽くしてもらっている。今度はわたしの番だ」

「いいえ、そんな！」

サディアはレゼジードの言に反論する。尽くしたなどと、とんでもない。

「よくしていただいたのは、僕のほうです。僕のほうこそ、今後はレゼジード様のために……！」

また、唇をレゼジードの指で塞がれる。レゼジードが甘く、目を細めていた。

「自分のほうこそと言うばかりで、わたしたちの会話は進まないな。だから、こうしよう。お互いに、互いのために尽くすというのは、どうだ。互いに尽くし合って、二人で幸せになろう。もう二度と、こんな苦しみはサディアに与えない」

「レゼジード様……では、僕も。もう二度と、あなた様を傷つけたりはいたしません。僕が今、この上なく幸せなように、あなた様も幸せになれるように……そう思っていただけるように、お尽くしいた……ぁ、いえ」

尽くすと言いかけ、サディアは中途でやめた。レゼジードが言いたいのは、そういうことではない。どちらかがどちらかに奉仕するのではなく、夫婦《めおと》として、自分たちは対等だと、彼は言ってくれている。

そう。どちらか片方だけで幸せになるのではない。二人で尽くして、二人で幸せになるのだ。

サディアは改めて、言い直した。

「一緒に……幸せになりましょう。二人で一緒に……尽くし合って」

その言葉に、レゼジードが嬉しそうに微笑んだ。頬にそっと口づけ、頷いてくれる。

「そうだ。二人で一緒に、幸せになろう。互いに尽くし合おう。ずっと……いつまでも」

「はい……はい」

蒼い瞳と、翡翠の瞳が見つめ合う。レゼジードの視線に導かれるように、サディアの瞳が閉じられていった。

目を閉ざすと同時に、唇にレゼジードのそれが触れる。誓い合ったあとのキスは、サディアの傷を慮《おもんぱか》って、羽根のように軽いものだった。だが、心まで繋がる口づけだった。

屋敷に着くまで、二人は何度も、見つめ合ってはキスを交わし続けた。幸福の口づけだった。

§終章

ひと月ばかりのち、サディアとレゼジードはひっそりと式を挙げた。サディアの容姿がエギールに酷似しているためもあって、ごく身内のみの静かな式だった。

身内以外で招待されているのは、ナン・タンベールだけだ。それも、エギールの名代《みょうだい》という名目《めいもく》だ。サディアを犠牲に捧げようとした行為を、まだレゼジードが警戒していたためだった。

もっとも身内のほうも、両親はすでにないから弟のみで、親族には遠慮してもらっている。ジュムナの深窓の姫君ということを理由に押し切ったのだ。

「やれやれ、仮にも紫旗将軍であるリセル伯爵の結婚だというのに、寂しいものですねぇ」

宴席《えんせき》で、ナン・タンベールがそんな憎まれ口を叩く。彼のほうもまた、レゼジードが余計な口出しをして、自身の策謀を頓挫《とんざ》させたことを軽く根に持っているらしい。エギールや王から叱責を受けたことを、恨めしく思っているところもあるようだった。

とはいえ、それがナン・タンベールの独断を掣肘する助けになるかといえば、心もとない。事件の最中に洩らした言葉から、彼が必ずしもエギールのためだけに動いているわけではないことが、明らかだったからだ。

『まあ、治療だけではありませんがね、わたしたちができるのは。しかし、それはあなたがたが知る必要のないことだ。――わたしたちは、わたしたちの理屈で動いている。ランジス殿下にナンの称号を持つ者がついてしまうことは、わたしたちの予定にはない』

『わたしたち？　それはつまり、「神殿」ということか？』

レゼジードの問いにナン・タンベールは答えなかったが、それについての追及も追い追い必要だろう。ナン・タンベールは容易に口を割らないだろうが。

とはいえ、今はとりあえず同志だ。ナン・タンベールたちの予定でも、ナ・クラティスの次王がエギールとなっている限りは、レゼジードもナン・タンベールをひとまずは受け入れる。

それにどうやら、あのあと神殿の大掃除も行われ、ランジスに与した神官一派は更迭《こうてつ》されたらしい。

直接、王に手出しをしようとした神官の生死は明らかになっておらず、おそらく死んでいると思われた。どういう死であったは、神殿側に秘匿されているが。

ひとまず、神殿側の意志はエギールを王にということで、一致している。

とりあえずはそれで、満足するしかないだろう。

エギールもその点は同意していた。

なにもかも、すべてはこれからだ。まずは、ランジス一派を宮廷から追い出すのが、急務だった。

ランジスは陰謀の責めを負い、王によって自害を命じられ、すでにこの世から去ったが、彼に賛同した貴族・軍人たちを排除する仕事が残っている。いよいよ領土を広げんとするナ・クラティスにとって、平和の名のもとに惰眠《だみん》を貪らんとする輩は害虫であった。

ただ、直接陰謀に関与した連中は処罰できても、単にランジスへの忠誠を求められて連判状《れんばんじょう》に署名しただけの連中などは、家柄によっては下手に処罰すると大火になりかねない。慎重を要するところだった。

その手間を厭《いと》い、ナン・タンベールなどはランジス派を一掃する手立てを取ろうとしたのだろうが、苛烈な手段は反発も大きい。最終的にはその苛烈さが、日和見《ひよりみ》派だった貴族たちの反発を招く端緒《たんちょ》になる危険があった。

一刀両断の変革は胸のすくものがあるが、人間とはそんな単純なものではない。今晴れたかと思えば、急に雨になるのが人の心というもので、一時は喝采《かっさい》を叫んでも、すぐに別の不満を言いたてるようになる。時には、憎んでいた側のはびこっていた世を「あの時はよかった」などと言い始めたりもする。

それだけに執政者というものは、ある種の慎重さが必要でもあった。特に、大きな変革を求める時には。

——粘り強い調整が必要な時もある。さて、エペオル公爵自身は極刑は免れないとして、公爵家自体はどうすべきか。見せしめとして、公爵家自体を取り潰すか。それとも、王家への恨みを軽減させるために、遠縁の者に家督《かとく》を継がせて、存続させるべきか。思案のしどころだ。

そんなことを考えている時だった。そっと隣からやさしい手が、膝に触れてきた。

「レゼジード様、いかがなさいましたか。ご酒が進んでおられないようですが……」

宴の最中に別の思案に耽《ふけ》りかけたレゼジードをさり気なく引き戻す、静かな囁きだった。

レゼジードはハッとして、サディアに苦笑を向ける。

「すまん、サディア。つい、宮廷のことを考えてしまった」

「今が一番お忙しい時ですから。ここは僕がいますから、ナン・タンベール様とお話し合いに行かれても大丈夫ですよ」

そう言って、サディアは微笑んだ。婚礼用の華やかな衣装に身を包んだ彼は、病み上がりのため儚げな空気も相まって、夢のように美しく、レゼジードの目を奪った。

ついぼぉっと見惚《みほ》れてしまったことが照れ臭く、レゼジードは不器用に咳払いをして、サディアの気遣いに礼を言った。

「いや、大丈夫だ。ありがとう、サディア」

「そうですよ。今日という日を待ちわびて、もうずっとソワソワしていたのですからね、伯爵は」

聞きつけたナン・タンベールが、すかさずからかいの手を入れてくる。

それを受けて、弟のカシュートがクスクス笑ってきた。

「軍務ばかりだった兄さんを『ソワソワ』させる人が現れるなんて、びっくりですよ」

エギールとよく似たサディアに、カシュートも最初は驚いていた様子だったが、今ではこだわりなくサディアを受け入れてくれている。

実際にはもう一人、レゼジードには弟がいて、サディアに語ったとおりその人はもう亡くなっているのだが、それに関する嘘も、レゼジードは謝ってくれていた。

異母弟なのは確かだが、サディアのように冷遇された異母弟ではなかったらしい。

レゼジードを知れば、無論そうだろうとサディアは腑に落ちるものがあった。

ただの身代わり相手にも、レゼジードは心を尽くしてくれる人だ。自身の弟ならば、よりいっそう心を砕くのも当然だった。

それにあの嘘は、レゼジードの世話になることをサディアに納得させるための、いわばやさしい嘘だ。許すも許さないもなかった。

ついに、レゼジードの正式な妻となれて、サディアは幸せだった。

ナン・タンベールと弟にからかわれて、レゼジードは珍しく顔を赤らめている。

「わたしのことより、おまえのほうこそいい相手はいないのか？　今後は、おまえのほうに縁談が集中することになるぞ」

その返しに、カシュートがやれやれと肩を竦める。

「兄さんのところには、もう伯母様《おば》たちもなにも言えないでしょうからね。あ～あ、わたしにも兄さんのような威厳があればいいのになぁ。そうしたら、伯母様たちを黙らせられるのに」

「おや、ということは、あなたは独身主義ですか？」

ナン・タンベールが訊いてくる。それに対して、カシュートは首を振った。

「別にそういうわけじゃありませんよ。ただ、まだ二十四歳だし、もう少しのんびりしてからでもいいように思うので」

「まあ、伯爵も二十八歳まで独り身でしたからねぇ。少なくとも、お兄様と同じ年齢くらいまでは、独りでいたいところでしょう」

「そうそう。そもそも結婚は、釣り合う相手とするのが相場なのですから、縛られるのはもう少し先でいいですよ」

「おやおや、あなたは恋をする気がないのですか？」

「恋なんて」

そう言うと、カシュートは苦笑した。これから言うことを謝罪するように、チラリとサディアを見やり、自説を語る。

「あいにくわたしは鈍い性質《たち》なので、誰かを好きだのなんだのといった感情が起こるのを待っていたら、いつまで経っても結婚できませんよ。だいたいの人はそうなのではありませんか？　だから、わたしには周囲の選んでくれた釣り合う相手で充分ですよ。――そういう意味では、少し兄さんが羨ましくもありますが。恋なんて……どうやったら降ってくるのでしょうね。兄さんは、どうやってサディアと恋に落ちたのですか？」

ごく無邪気《むじゃき》に訊いてくる。聞いていたサディアは頬を赤く染め、レゼジードも気恥ずかしそうに咳払いした。

「降ってくるというより、気がついたら……その、好きになっていたというか」

「けな気なサディアにやられてしまったのですよね、伯爵は」

ナン・タンベールがからかうように言ってくる。呆れた口調ながら、レゼジードに続いてサディアに向けられた眼差しは笑みを含んでいた。レゼジードとはいまだチクチクとやり合うナン・タンベールではあったが、サディアには違うらしい。

ナン・タンベールは微笑んで、サディアに祝福を与えてくれる。

「想う人に想われるというのは、幸せなことです。幸福になりなさい、サディア。この朴念仁が相手ではまた泣かされることもあるだろうが、その時はわたしに言ってくれるといい。今回の恨みも込めて、きつくお灸《きゅう》を据えてやるからね」

「恨みって、ナン・タンベール様……」

サディアは苦笑した。なぜなら、恨みと言いながら、ナン・タンベールの口調に温かみがあったので。だからつい、口にしてしまう。

「でも、次にまたエギール殿下に大事が生じた時には、レゼジード様と力を合わせて、殿下をお守り下さるのでしょう?」

一見、穏やかにも聞こえる問いかけに、ナン・タンベールは目を細める。

「そうだね。エギール殿下には、デル・ルーセル王の跡を継いでいただきたいからね」

「では、ナン・タンベール様とレゼジード様は仲良くいられます。お二人とも、目的はひとつなのですから。ね、レゼジード様」

そう言って、レゼジードを振り仰ぐと、彼は苦笑していた。サディアの言うことを能天気だと思ったのか、それとも、二人の手を結ばせようとするサディアに呆れたのか。

「今度は、独断で事を決めないでもらいたいものだ」

とレゼジードが言えば、ナン・タンベールもなに食わぬ顔をして人好きのする笑みを向ける。

「今度は、あなたにももっと警戒しますよ。またわたしの策を邪魔されては、たまりませんからね」

「……まったく、懲《こ》りない男だ」

しかし、そう言いながらもレゼジードの口元は笑っている。

ナン・タンベールとレゼジード。

ともに手段は異なりながらも、エギールを王にとの目的は同じ二人だった。ただその一点で、互いに互いを認め合うことができる。

とりあえずは、それで充分だった。

さて、とレゼジードがサディアの肩に腕を回す。ナン・タンベールとカシュートの二人を見回し、カラリと口調を変えて宣言した。

「さて、そろそろわたしたちは失礼させてもらおうか。二人には、好きなだけ飲み食いしてもらおう。では」

そう言うと、サディアを抱き上げて、立ち上がる。

「レ、レゼジード様……っ、あの……自分で歩けますから！」

「花嫁を新床に運ぶのは、花婿の役目だ」

「あっ……レゼ……んっ」

見せつけるようにキスをされ、サディアはレゼジードにしがみついた。恥ずかしくて、けれど、甘い唇に酔ってしまいそうだ。

ナン・タンベールが額をペチンと叩いて、ぼやくのが聞こえた。

「あ〜あ、独り者には目の毒です」

「まったく、まったく。さあ、早く寝所に行って下さい、兄さん」

シッシッと手を振って、カシュートが酒の入った瓶《びん》を杯《さかずき》に注ぐ。次いで、ナン・タンベールの杯にも注いだ。

キスを解いたレゼジードは、その二人にクックッと笑って、サディアに「行こうか」と告げてくる。

サディアはもう真っ赤だった。けれど、公《おおやけ》に妻として扱われることに、嬉しさもある。

「……はい」

蚊の鳴くような声で返事をすると、サディアはレゼジードによって寝所へと攫われる。ようやく訪れた、夫婦としての初夜だった。

ほの暗く光量を調節した寝室で、サディアはやさしくベッドに下ろされた。じっと、レゼジードが見つめてくる。なにか言いたげで、でも言えなくてといった様子のレゼジードに、サディアも黙ってその翡翠の瞳を見つめ返していた。

やがて、フッとレゼジードが息をつく。

「ようやく……二人になれたな」

そう言った口調は、照れ臭そうだった。

サディアもはにかみ、コクリと頷く。

「はい、レゼジード様」

思えば、こうして寝所で向かい合うのは、初めてだった。以前に一度、身体を繋げたのは、王宮の四阿だったのをサディアは思い出す。

レゼジードも同じことを思い出したのか、遠い目をしてサディアの頬を撫でてきた。

「やっと、同じ気持ちで抱き合えるな、サディア」

「はい……」

同じ気持ちという言葉に、サディアの胸がトクトクと音を立てる。

王宮の四阿での逢瀬は、思い出すと切なさと苦しさがないまぜになった記憶だ。サディアは絶望的な気持ちでレゼジードに縋り、レゼジードはやさしく応じてくれてはいたが、戸惑いのほうが大きかっただろう。なぜ、サディアがこんな振る舞いに及ぶのか、困惑していたはずだ。

だが、今夜は違う。レゼジードは心からサディアを妻にと望み、サディアも素直な気持ちでレゼジードにすべてを捧げられる。

大切で、神聖な夜だった。

「灯りは……このままでいいか？　サディアを見ながら、ひとつになりたい」

サディアの頬がポオッと染まる。だが、いやだと断る気にはならなかった。レゼジードの望みはどんなことでも叶えたいし、サディア自身もレゼジードを感じながら繋がりたい。

「はい……恥ずかしいですけど、でも僕も……」

だが、口に出してはそれ以上言えない。

真っ赤になったサディアに、レゼジードは吐息《といき》だけで笑った。そうして、婚礼衣装の帯に手をかけていく。

帯を解かれ、身体を起こされた。サディアを見つめながら、レゼジードが豪華な羽織《はお》り物を肩から落とし、続いて長衣を脱がせてくれる。

肌着と下穿きだけになって、サディアはレゼジードへと腕を伸ばした。今度はサディアが、レゼジードの帯を解く。

着衣は、レゼジード自身が脱ぎ捨てた。

それから肌着を取られ、下穿きも脱がされる。

すべてを脱ぎ捨てたサディアを見つめながら、レゼジード自身も残りの肌着と下穿きを脱いでいった。

そうして互いに生まれたままの姿になって、ベッドの上で見つめ合う。サディアの身体は、またもや高価な『ナン』の手当てにより、あれだけ無残につけられた傷痕はすべて癒やされ、元の真っ白な肌に戻っていた。

その傷痕のあった部分に、レゼジードが手を這わせてくる。肩から胸に、それから、傷のあった肩口に口づけられた。

「本当に……よく、生き残ってくれた」

「レゼジード様がお救い下さったおかげです……」

この人に愛され、助けられたことが、今でも夢のようだった。

だが、それはレゼジードも同様だった。

恭しげに、サディアの頬を両手で包み、神聖なものに誓うようにキスをしてくれる。

キスはすぐに離れ、レゼジードは額をサディアの額に押し当てる。

「一生涯、大切にする。サディア……わたしの愛しい妻」

「レゼジード様、僕も……ん、っ」

自分も生涯レゼジードを愛し抜く、という言葉は、激しいキスに呑み込まれた。新床での情熱的な夜が、幕を開ける。

深く唇を合わせたまま、サディアはベッドに押し倒された。立てた膝に、レゼジードの熱い腿が当たり、それだけで胸が喘ぐ。

「ぁ……ん、ふ……レゼジー、ド……様……んっ」

口づけは、角度を変えて、何度も与えられた。あまりに激しくて、呼吸が苦しくなるほどに。

だが、息が苦しくなったのは、キスだけのせいではない。口づけながら、レゼジードの手が肌を這い、そのうちにその指が胸を撫でたからだ。

もう、サディアの胸の先はツンと硬くなっていた。だから、撫で降りた指先にそれが押し潰されて、サディアは胸を喘がせる。

感じたのをすぐにレゼジードに知られて、さらによくするように胸の粒を抓まれた。

「ん……んっ……んぅ、っ」

口中を舌で執拗《しつよう》に舐められながら、抓まれた胸先を軽く転がされる。途端に、ジンとした疼きが、胸の先から全身に広がっていった。

――どうしよう、僕……。

最初からこんなふうに感じるなんて、淫《みだ》らすぎはしないだろうか。レゼジードは呆れやしないだろうか。

しかし、唇が離れて、レゼジードがうっとりとした眼差しを、サディアに注いでくれた。

「すごく……敏感になっているみたいだ、サディア。わたしに触れられるのが……怖くないか？」

「そんな……こと……んっ！」

また親指の腹で、少し強く胸の先を押され、サディアは詰まった呻きを洩らした。胸だけでなく、まだ触れられていない下肢もビクンビクンと痙攣《けいれん》している。

下腹部が熱かった。あの四阿での夜も、サディアは感じ切った様子をレゼジードに晒したのだが、今夜はそれ以上だ。

「は……恥ずかし……僕、こんな……」

じっと見つめるレゼジードに耐え切れなくて、サディアは両手で顔を覆う。

そんなサディアに、レゼジードは心配そうだ。

「恥ずかしいのは、いやか？　あぁ……だが、おまえのここは可愛すぎて……。舐めても、サディア？」

「そ……っ」

そんなこと、訊かないでほしい。

サディアの全身は、もう真っ赤だった。だが、レゼジードはサディアを辱めるために訊いているのではない。

「き……訊かないで下さい……レゼジード様の……お好きにして……いいから……」

「本当に？　いやではないか？」

気遣わしげなレゼジードの問いかけに、サディアは羞恥のあまり息が詰まってしまいそうだ。

ようよう、かすかな声で答えた。

「お好きにして……かまいませんから……」

そして、両手で顔を覆ったままでは説得力がないかもしれないと、震える手をなんとか下ろす。だが、目はとても開けられなくて、ギュッと瞑《つぶ》ったまま、サディアは恥ずかしい全身をレゼジードに捧げた。

レゼジードの息遣いが、怖いくらいによく聞こえる。だがやがて、躊躇いがちにそっと、再び乳首を撫でられた。

「……ぁ、っ」

ビクン、とサディアの背筋がのけぞる。だが、サディアは逃げずに、胸をレゼジードに晒し続けた。するとと窺うように、レゼジードが訊いてくる。

「胸を吸っても……？」

「……は、い…………あっ！」

答えた瞬間、チュッと片方の乳首をレゼジードの唇に含まれた。おずおずと吸われ、舌を愛しげに這わされる。

「んっ……あ、あ……あ」

頭がジンジンする。吸われた胸から新たな快感が全身に広がり、また腰がビクビクと揺れた。

「サディア、可愛い……」

レゼジードがうっとりと囁き、サディアの胸を舐め、吸う。片方を気が済むまで唇で愛すると、今度はもう片方も同じように可愛がる。

サディアはもう、胸だけで全身がトロトロに溶けてしまう。身体から力が抜けて、どうしたらよいかわからない。下腹部など、恥ずかしいほどに張りつめている。

「んっ……んっ……もぅ、どうしよう……あ、レゼジード様……レゼジード様、どうしたら……」

気がつくと、サディアはレゼジードの脚に恥ずかしい部分を擦りつけていた。

だが、恥ずかしい状態なのはサディアだけではなかった。羞恥に目眩《めまい》がしそうなサディアに、レゼジードがそっと自身を見るよう促す。

「ぁ……レゼジード様、も……」

レゼジードの雄も、サディアを求めて猛々しく砲身を漲らせていた。

サディアと同じように欲望を猛らせているレゼジードに、サディアの呼吸がさらに上がる。レゼジードが感じてくれていることが、サディアをさらに昂ぶらせていった。

レゼジードが深く頷く。

「そうだ。サディアに触れているだけで、こんなにも高まってしまっている。もっといろいろと触れたいのに……早く、サディアとひとつになりたい」

待ち望んだ夜なのは、レゼジードも同じだった。

サディアの目が潤む。心を同じくするのが、この上なく嬉しかった。

「僕も……レゼジード様が、欲しい……」

差し伸ばした手を、力強く握られる。レゼジードの目も、雄《おす》の昂りに翡翠の色を濃くしていた。

自分の目の色も、今はどうなっているのだろう。

サディアはふとそう思いながら、レゼジードを見つめ続けた。綺麗な蒼になっているといいのに。金が輝いているといいのに。

レゼジードの指が、サディアの果実を捕らえる。

「すまない。本当は、舐めて蕩《とろ》かしたいところなのだが……待てそうにない」

待てそうにないから、なにをしようというのだろう。

訝しく思う間もなく、強く果実を扱《しご》かれた。とろみを帯びた粘液が、すぐに先端から滲み始める。

「あ、あ、あ……レゼジード様……っ」

その先走りを指にたっぷりとつけ、レゼジードの手が果実から離れた。足を押し上げられ、浮き上がった尻に指が触れる。

「……あぅ、っ」

尻の狭間に、レゼジードの濡れた指が這った。サディアの先走りに濡れた指が、ぬるりと後孔に入り込む。

異物感に強張ったサディアに、レゼジードが胸に舌を這わせる。チュッと吸われ、それで身体が蕩けると、すかさず後孔に侵入してきた指が深みまで挿れられた。

「ぁ……あぁ、レゼジード様……あ、んぅ」

身体が緊張すると胸を舐められ、それで緊張が緩むと、ゆっくりと中を指で広げられる。

そうして忙しなく、サディアの身体はレゼジードを受け入れるための準備を施された。

それは、四阿での時よりも性急で、乱暴といってもよい愛撫だった。

だが、その性急さが、サディアの心を却って蕩かせる。

指を二本挿れられ、三本に増やされるところで、サディアの腕は伸びた。胸に吸いつくレゼジードの頭を抱きしめ、「も……いいから……」と口走る。

「しかし、サディア……」

躊躇うレゼジードに、サディアは声を上擦らせながら、求めた。

「もぅ……待てない……」

身体が熱くなりすぎて、どうしようもなかった。早く、レゼジードを身体の奥深くで感じたかった。

レゼジードが低く唸《うな》った。サディアの身を案じる心と、一刻も早くサディアが欲しいという心がせめぎ合っているようだった。

だが、欲しいのはレゼジードも一緒だった。ついには獣のように唸り、サディアから指を引き抜く。乱暴に、両足を胸につくほど押し広げられた。

「傷つけたくはない、だが……っ」

切なげに眉根を寄せて、レゼジードがサディアを見下ろす。気持ちは痛いほどに、サディアにも伝わっていた。

痛くても、苦しくても、今すぐレゼジードが欲しい。

サディアは夢見るように微笑んだ。四阿での時は、時間をかけて丁寧に身体を開かれた。そのやさしさが嬉しくもあったが、荒々しく求められるのはもっとサディアを高揚《こうよう》させる。サディア自身も、悠長に自身が熟す時を待てないほど、レゼジードとひとつになりたかった。

愛しすぎて、別々の肉体でいることがもう耐えられない。

「愛しています……だから、早くレゼジード様を感じたい……早く、あなた様の妻に……」

「くそ……サディア、っ！」

噛みつくように、唇を奪われた。息が止まるような口づけのあと、続け様に肉奥に雄芯《ゆうずい》をあてがわれる。

「おまえを傷つけたくないんだ。だが、わたしももう……こらえられない、っ！」

そう言うと、クチ、と襞口を張りに開かれた。襞は見る見るうちに広げられ、太いものが身の内に侵入しようとしてくる。

「ぁ……ぁ……ぁ……」

ガクン、とサディアはのけぞった。

痛み。それから、灼熱《しゃくねつ》の苦痛が、サディアを切り裂く。

だが、サディアは逃れようとはしなかった。それどころか、自分から腰を動かして、レゼジードの挿入を助けた。

「ぁ……ぁ……ぁ……レゼ……ジード、さ……ま……あ、ぁ」

「サディア……くっ」

レゼジードの額に汗が滲み、きつい締めつけに、彼も苦痛を感じているようだった。

それでも、サディアを求める心のほうがずっと強く、一途にサディアの中に自身を挿入していく。

互いに腰を使い、荒く息を吐きながら、サディアとレゼジードはひとつに繋がっていった。心から望んだ、交合だった。

気がつくと、サディアは胸を喘がせながら、レゼジードにしがみついていた。レゼジードが苦しげに息を吐きながら、サディアの髪を撫でている。

「レ……ゼジード……様……？」

「気がついたか、サディア。どうだ、痛くはないか？」

「僕……気を失って……？」

呟きに、レゼジードが答えてくれる。

「ほんの数分ばかりな。まだ準備が整わぬのに挿れたせいだ。すまなかった、サディア」

「そんな……」

サディアはゆるゆると首を左右に振った。サディアも望んだ交歓だった。なにを謝る必要があろう。

それよりも、気を失っている間、レゼジードを待たせたことが申し訳なかった。サディアからも望んだ交合だったのに。

そう訴えると、レゼジードは嬉しそうに微笑む。

「やっとひとつになれたのだ。繋がっている間待つのは、苦ではなかった。その間、ずっとサディアを感じられて……あぁ、幸せというのは、こういう気持ちなのだな。おまえの中にいられるのは、なんという幸せなのだろう。おまえに愛されて、わたしはこの上ない幸せ者だ。ありがとう、サディア。わたしを愛してくれて」

「そん……レゼジード様……」

サディアの目が潤む。幸せなのは、サディアのほうだった。レゼジードに愛してもらえて、サディアのほうこそ最高の幸せ者だった。

「僕こそ……幸せです。あなた様に巡り合えて、愛していただけて……」

自分の人生に、このような幸福が訪れるとは、サディアは考えてもいなかった。母を亡くしたあと、自分はずっと孤独で生きていくのだと思っていた。孤独のまま、死ぬのだと。

そのサディアの生を輝かせてくれたのが、レゼジードだ。

「レゼジード様……」

愛しさが溢れ、サディアは伸しかかるレゼジードを大切に抱きしめた。レゼジードもすぐに、サディアを抱きしめ返してくれる。

「サディア、二人で幸せになろう。二人でずっと、ともに生きよう」

「はい……はい、レゼジード様。ずっとお側に……」

キス。それから、ゆっくりとレゼジードがサディアの中で動き出す。それはやさしく、サディアとひとつになる幸福を噛みしめるような交合だった。

ほどなくしてレゼジードは高まり、サディアに囁く。

「サディア……おまえの中でイッてもいいか？」

サディアはもちろん、頷いた。レゼジードの抽挿《ちゅうそう》に腰を合わせて動かしながら、囁き返す。

「はい……レゼジード様。あなた様のお胤を、いっぱいに僕の中に撒いて下さいませ……あっ……ああ、っ！」

前後する動きが激しくなり、サディアの身体も高まった。レゼジードの絶頂に応じるように、サディアも昂りを解き放つ。

「あ……あぁぁ——……っ！」

「サディア……くっ！」

勢いよく放たれるレゼジードの熱い精に、さらに身の内が戦慄《わなな》く。熱くて、肉奥が蕩けていく。

「サディア……」

キスされた。前髪をかき上げられ、額にも口づけられた。それから、キュッと抱きしめられる。

生国がナ・クラティスに征服され、接収された屋敷に取り残された時、自分にこんな未来が待っているなんて、思いもしなかった。こんな、身も心も満たす生が、サディアを待っているなんて——。

目を開けて、サディアは自分をやさしく見つめる人で、視界をいっぱいにする。

それは、サディアの愛する人だった。サディアを愛してくれる人だった。

この人とともに生きていく――。
サディアはギュッと、レゼジードを抱きしめた。
それだけで、言葉にせずとも想いが伝わる。
レゼジードも強く、サディアを抱きしめ返し、彼の生涯唯一の妻を愛し続けた。
幸せな、幸せな初夜であった。

終わり

あとがき

花粉飛び交う季節になってまいりましたが、皆さまはいかがお過ごしでしょうか。

ワタクシは、年々ちょっと目がかゆくなってきているような……気のせいだと自分をまだ騙せそうな……そんな春先だったりします。ちょっとだけ目がかゆい時があるのも、鼻が少～しあやしいのも、たぶん花粉症ではない……はず。ええ、きっと。


えー、そんな今日この頃ですが、やっとこリンクスさんから新刊を出せて、ホッとしております。

同人誌から雑誌掲載、そしてノベルス化という段階を経てのお話ですが、ノベルス化に当たりかなり手を入れさせていただきました。レゼジードのあり方というかに昔からちょっと「う～ん……なんかもうちょっと……」という気持ちがありまして、今回ガッツリ変更しちゃいました。新しいレゼジードも気に入っていただけると嬉しいです。

ということで、そんなお話に素敵なイラストを描いて下さった千川夏味《せんかわなつみ》先生。馬で駆けつけるレゼジードがめちゃくちゃヒーローっぽくて、恰好よかったです！　サディアもけな気で可愛くて、某ＣＭのエ〇ゴリくんのようにウホウホ喜んじゃいました。ありがとうございました！

それから、担当様。ダメ子な自分にお付き合い下さり、本当に……申し訳ないです、くぅぅ。いつか恩返しができるといいのですが……(涙)。

そして、最後になりましたが、このお話を読んで下さった皆様。同人誌で細々と発表していたファンタジーシリーズですが、こうしてノベルス化したものも楽しんでいただけると嬉しいです。

それでは皆様、よい春を！

ハーゲンダッツの抹茶クランブルうま〜☆な、いとう由貴《ゆき》

初出

月影の雫	2008年 小説リンクス12月号掲載「麦朧の風」改稿・改題

赦されざる罪の夜《ゆるされざるつみのよる》

いとう由貴
イラスト：**高崎ぼすこ**

本体価格855円+税

精悍な容貌の久保田貴俊は、バーで飲んでいた夜、どこか淫らな色気をまとった上原慎哉に声をかけられ、誘われるままに寝てしまう。二人の関係はあくまで『遊び』のはずだったが、次第に上原の身体にのめり込んでいく貴俊。しかしある日、貴俊は上原の身体をいいように弄んでいる男の存在を知る。自分には見せたことのない表情で、男に命じられるまま自慰をする上原に言いようのない苛立ちを感じる貴俊だが、彼がある罪の償いのために、その男に身体を差し出していると知り…。

リンクスロマンス大好評発売中

硝子の迷宮《がらすのめいきゅう》

いとう由貴
イラスト：**高座 朗**

本体価格855 円+税

弁護士の慎也は交通事故が原因で失明し、弟の直樹に世話をされていた。そんなある日、慎也は自慰をしている姿を直樹に見られてしまう。それ以来直樹は「世話」と称し、淫らな行為をしかけてくるようになった。羞恥と屈辱を覚えつつも、身体は反応してしまう慎也。次第に直樹から向けられる想いが、兄弟以上の感情であることに気づきはじめた慎也は弟の執着から逃れようとするが、直樹はそれを許さず…。

箱庭のうさぎ《はこにわのうさぎ》

葵居ゆゆ
イラスト：**カワイチハル**
本体価格870円+税

小柄で透き通るような肌のイラストレーター・響太は、中学生の時のある出来事がきっかけで、幼なじみの聖が作ってくれる以外のものを食べられなくなってしまった。そんな自分のためにパティシエになり、ずっとそばで優しく面倒を見てくれている聖の気持ちを嬉しく思いながらも、これ以上迷惑になってはいけないと距離を置こうとする響太。だが聖に「おまえ以上に大事なものなんてない」とまっすぐ告げられて…。

リンクスロマンス大好評発売中

追憶の白き彼方に《ついおくのしろきかなたに》

高原いちか
イラスト：**大麦若葉**
本体価格870円+税

凛とした雰囲気をまとう青年軍医のルスランは、クリステナ帝国で名門貴族の嫡子として将来を嘱望されていたが、親友のユーリーによって母を殺され、国外へと追われてしまう。だがある日、十年の歳月を憎しみを糧に生きてきたルスランの前に怜悧な精悍さを持つ男となったかつての親友・ユーリーが現れる。決して許すことはないと思っていたはずだったが、「おまえを忘れたことはなかった」とどこか苦しげに告げるユーリーの瞳に親友だった頃の想いを呼び起こされ…。

理不尽にあまく《りふじんにあまく》

きたざわ尋子
イラスト：**千川夏味**
本体価格870円+税

大学生の蒼葉は、小柄でかわいい容姿のせいか、なぜか変な男にばかりつきまとわれていた。そんなある日、蒼葉は父親から護衛兼世話係をつけ、同居させると言われてしまう。戸惑う蒼葉の前に現れたのは、なんと大学一の有名人・誠志郎。最初は無口で無愛想な誠志郎を苦手に思っていたが、一緒に暮らすうちに、思いもかけず世話焼きで優しい素顔に触れ、甘やかされることに心地よさを覚えるようになった蒼葉は…。

リンクスロマンス大好評発売中

誓約のマリアージュ《せいやくのマリアージュ》

宮本れん
イラスト：**高峰 顕**
本体価格870円+税

凛とした容貌で英国で執事として働いていた立石真は、日本で新しい主人を迎える屋敷に雇われることになる。真の主人になったのは、屋敷の持ち主だった資産家の隠し子・高坂和人。これまでに出会ったどの主人とも違う、大らかな和人の自由奔放な振る舞いに最初は困惑するものの、次第にその人柄に惹かれていく真。そんなある日、和人に見合い話が持ち上がる。どこか寂しく思いつつも、執事として精一杯仕えていこうと決心した真だが、和人から「女は愛せない。欲しいのはおまえだ」と思いもかけない告白をされ…。

LYNX ROMANCE

イラストレーター募集

リンクスロマンスでは、イラストレーターを随時募集いたします。

リンクスロマンスから任意の作品を選び、作品に合わせた
模写ではないオリジナルのイラスト（下記各1点以上）を描いてご応募ください。
モノクロイラストは、新書の挿絵箇所以外でも構いませんので、
好きなシーンを選んで描いてください。

1 表紙用カラーイラスト

2 モノクロイラスト（人物全身・背景の入ったもの）

3 モノクロイラスト（人物アップ）

4 モノクロイラスト（キス・Hシーン）

募集要項

＜応募資格＞

年齢・性別・プロ・アマ問いません。

＜原稿のサイズおよび形式＞

◆Ａ４またはＢ４サイズの市販の原稿用紙を使用してください。
◆データ原稿の場合は、Photoshop（Ver.5.0 以降）形式でＣＤ－Ｒに保存し、出力見本をつけてご応募ください。

＜応募上の注意＞

◆応募イラストの元としたリンクスロマンスのタイトル、あなたの住所、氏名、ペンネーム、年齢、電話番号、メールアドレス、投稿歴、受賞歴を記載した紙を添付してください（書式自由）。
◆作品返却を希望する場合は、応募封筒の表に「返却希望」と明記し、返却希望先の住所・氏名を記入して返送分の切手を貼った返信用封筒を同封してください。

＜採用のお知らせ＞

◆採用の場合のみ、６カ月以内に編集部よりご連絡いたします。
◆選考に関するお電話やメールでのお問い合わせはご遠慮ください。

宛先

〒151-0051 東京都渋谷区千駄ヶ谷 4−9−7
株式会社　幻冬舎コミックス
「リンクスロマンス　イラストレーター募集」係

この本を読んでの
ご意見・ご感想を
お寄せ下さい。

〒151-0051
東京都渋谷区千駄ヶ谷4-9-7
(株)幻冬舎コミックス　リンクス編集部
「いとう由貴《ゆき》先生」係／「千川夏味《せんかわなつみ》先生」係

リンクス ロマンス

月影の雫

2016年4月30日　第1刷発行

著者……………いとう由貴《ゆき》
発行人…………石原正康
発行元…………株式会社　幻冬舎コミックス
〒151-0051　東京都渋谷区千駄ヶ谷4-9-7
TEL 03-5411-6431（編集）
発売元…………株式会社　幻冬舎
〒151-0051　東京都渋谷区千駄ヶ谷4-9-7
TEL 03-5411-6222（営業）
振替00120-8-767643
印刷・製本所…株式会社　光邦
検印廃止

ISBN978-4-344-83682-2 C0293
Printed in Japan

幻冬舎コミックスホームページ　http://www.gentosha-comics.net